Esta obra está protegida
por los Derechos de Autor.
No la reproduzcas sin permiso.
Acude a info@cempro.org.mx
CeMPro
Centro Mexicano de Protección y Fomento
a los Derechos de Autor
Sociedad de Gestión Colectiva

Teléfono: 1946-0620
Fax: 1946-0655
e-mail: marte.topete@editorialprogreso.com.mx
e-mail: servicioalcliente@editorialprogreso.com.mx

Dirección editorial: David Morrison
Coordinación editorial: Marte Antonio Topete y Delgadillo
Edición: Marte Antonio Topete y Delgadillo
Coordinación de diseño: Luis Eduardo Valdespino Martínez
Diseño de portada: Departamento de Diseño Grupo Edelvives
Diseño de interiores: Tania Tamayo Martínez
Ilustración de portada e interiores: Flavia Gargiulo
Corrección: Carmen Carolina Gómez Gutiérrez

Derechos reservados:
© 2016 Agustina Tocalli Beller
© **2016 Edelvives, México / Editorial Progreso, S. A. de C. V.**
    GRUPO EDELVIVES

Boris y el ajolote albino
(Colección Ala Delta Colibrí)

Miembro de la Cámara Nacional de la Industria Editorial Mexicana
Registro No. 232

ISBN: 978-607-746-328-3

Impreso en México
Printed in Mexico

1ª edición: 2016

Se terminó la impresión de esta obra en junio de 2016 en los talleres de
Editorial Progreso, S. A. de C. V., Naranjo No. 248, Col. Santa María la Ribera,
Delegación Cuauhtémoc, C. P. 06400, Ciudad de México.

EDELVIVES

ALA DELTA COLIBRÍ

Boris
y el ajolote
albino

Agustina Tocalli-Beller

Ilustraciones
Flavia Gargiulo

"Los ojos de los *axolotl* me decían
de la presencia de una vida diferente,
de otra manera de mirar".

Julio Cortázar, *"Axolotl"*,
Final del juego, 1956.

Para Mamá.

Porque "estar lejos no es estar separados".
(María Delia, 1947-2013)

1

DE PIBE A CHAMACO, SIN ESCALA

Nuevamente en un avión los tres: papá, Mimí y yo. Una sensación totalmente familiar que, una vez más, nos aterrizará en lo desconocido. Me gusta mucho volar y más aún si se trata de atravesar tormentas y pozos de aire, pero esta vez la sensación de vacío y turbulencia la llevo por dentro. No sé si papá entiende del todo lo que me costó dejar Buenos Aires y, especialmente, despedirme de Luciano y Aldana. De verdad creo que no lo entiende. Estoy molesto y triste, también. Una vez que me siento cómodo en una ciudad, que hablo tan argentino y nadie sospecha que soy inglés, algo que en Argentina te sirve mucho, y una vez que hago grandes amigos como Luciano y Aldana con los que pasé una gran prueba de amistad y abrimos nuestros corazones como nunca con otros amigos y, cuando estábamos dispuestos a más aventuras juntos, papá, ¡una vez más! nos anunció que por su trabajo nos mudaríamos.

Esta vez sí le creí que era por su trabajo como ingeniero en alimentos porque además de que en México el mercado es enorme, son como cien millones de habitantes o más, en ese país mi papá no tiene recuerdos de mi mamá. Y ése es uno de mis principales argumentos… bueno, pensamientos porque no me he animado a decírselo a papá. Sólo lo compartí con Mimí, aunque ella de melancólica tiene mucho menos que yo. ¿Por qué no nos quedamos en Buenos Aires? Trabajo allí tenía papá. Nuestro departamento tenía calor de hogar. A Mimí y a mí nos iba bien en la escuela y contábamos con buenos amigos. A todos, pero sobre todo a papá, le encantaba la comida y la vida en Buenos Aires. Y, lo más importante, allí sí había viajado con mamá. La podría recordar cada vez que fuéramos al Parque Lezama. Y, si él quisiera, lo acompañaría siempre, aunque yo nunca estuve con ella ahí.

Sacré Coeur en París y el Parque Lezama en Buenos Aires fueron los lugares que más visitamos mientras vivimos en esas ciudades. En cada nueva ciudad a la que nos mudábamos papá se adaptaba tan rápido a las costumbres y comida que la decoración y el menú de la casa cambiaban enseguida. Lo que nunca cambiaba era la tradición de visitar los lugares donde habían estado juntos papá y mamá. Esos paseos nos hacían hablar de ella más que nunca. Y, aunque los cuentos y recuerdos de papá se repetían, siempre los volvíamos a escuchar como si fuera la primera vez. Además, papá era muy bueno para disimular la nostalgia con anécdotas graciosas, especialmente si se daba cuenta de que se me hacía un nudo en la garganta mientras lo escuchaba.

Mimí, en cambio, hacía siempre muchas preguntas para conocer más a mamá. Mimí es así. Todo lo investiga y registra en su cabeza o en su computadora, que, al fin y al cabo, funcionan casi igual. Y las dos están pegadas a su cuerpo.

No recuerdo haber visto a Mimí con una muñeca en sus manos jamás. Ella no parece mi hermana menor. Lo digo porque he visto amigos míos con sus hermanas menores y ¡uf!, ¡qué insoportables se ponen! Hablan casi gritando y sin parar. Lloran por cualquier cosa y se aprovechan de sus hermanos más grandes. Ellas bien pueden hacer las cosas que mis amigos hacían solos a su edad, pero siguen siendo y actuando como las más chiquitas de la casa. En el caso de Mimí, sólo es así cuando le conviene o no resiste que no la tengamos en cuenta o quiere ser una más entre los grandes: «Entonces le digo a papá lo que estáis por hacer y veremos si os deja ir».

¡Y vaya si esa vez Luciano, Aldana y yo le estuvimos eternamente agradecidos porque vino con nosotros! Digo, vinieron, perdón, ella y su laptop, por supuesto.

De verdad, no sé si la falta de mamá la hizo crecer más de golpe o qué, pero Mimí no ejerce de hermana menor. Sonsoles se llamaba mi mamá, española ella, por cierto. Y creo que lo único que Mimí tiene de ella es su acento. En Buenos Aires nunca lo cambió. Y claro, es inteligente y lo pudo haber hecho y hasta cambiado su vocabulario. Como yo. Si hay algo de lo que puedo fanfarronear, como se dice en Argentina, es que casi nadie podía adivinar que nací en Inglaterra como mi papá, Richard, quien encantado se hacía llamar Ricardo en Buenos Aires. Mimí, en cambio, siempre fue Mimí y siempre fue la "Galleguita". Yo también fui siempre Boris, pero me convertí, apenas llegué, en un pibe porteño más. Y ahora que lo digo, recién lo pienso por primera vez: ¿será que Mimí no ha querido cambiar su acento porque es lo que nos queda de mamá? Nunca lo había pensado ni sentido así... Hasta ahora aquí, en el avión, que leo sobre México y conozco algunas de sus palabras y expresiones más comunes a ver si me ayudan a pasar de pibe a chamaco, a pasar como uno más y, sobre todo, a pasarla bien. ¡Órale, ya estamos por aterrizar en Ciudad de México!

2

SOBRE PASEO Y AJOLOTES

Yo ya aprendí que, si te cambias de escuela porque te cambias de país, el día que realmente aterrizas es el primer día de clases. A la Ciudad de México no llegué a vivir al bajar del avión, sino al subir al transporte escolar. La vida real comienza el día que vuelves a un salón de clases.

Durante el camino del aeropuerto a la nueva casa y los primeros días todo fue una mini vacación. Sobre todo porque apenas llegamos a un nuevo país papá siempre se preocupa y ocupa de hacernos conocer algunos lugares claves para que nos encariñemos con la nueva ciudad.

Así fue como no se demoró en llevarnos al Zoológico de Chapultepec en nuestro único fin de semana antes de comenzar las clases. Pensé que se había equivocado conmigo. Yo ya no estoy para zoológicos y darle de comer a animalitos. ¡Eso es para Mimí! Ella es fanática de los zoológicos como cualquier niña de su edad. Pero no me quejé y dejé que ejerciera de hermana menor. Estaba feliz corriendo de un animal a otro. La seguíamos. Con poco entusiasmo de mi parte. Hasta que empecé a ver especies nativas y exóticas que no sabía que existían. Por ejemplo, el zacatuche, el panda gigante y el panda rojo, el lobo mexicano, el ocelote y el faisán argos de Borneo.

Pero ninguna se podía comparar con lo que descubrí ese día: el ajolote mexicano. Simplemente, maravilloso y único. Nunca había visto algo así. No parecía de este mundo…

Quedamos los tres cautivados por este anfibio que, a simple vista, parece un renacuajo gigante. De repente me encontré con que no me quería ir del zoológico hasta que nos explicaran qué animal era ese. Parecía de ciencia ficción no sólo por su extraña apariencia sino por su nombre. Nos explicaron que *axolotl* es su nombre en náhuatl, la lengua de los antiguos aztecas y que significa monstruo de agua. Decir sólo eso del ajolote no es suficiente y lo hace parecer un animal grande y ¡no lo es! El monstruo acuático es pequeño. Medirá unos 25 centímetros de largo como mucho. Su cabeza es lo más grande que tiene, y sus dientes y sus ojos sin párpados, lo más pequeño. Tiene una lengua retráctil, como la de las ranas. Su cola es larga y aplanada. El ajolote es pardo y obscuro con manchitas blancas para confundirse entre las piedras. Pero ese día tuvimos la suerte de ver unos ejemplares albinos. Impresionante. Ahora sí que parecía un invento de película sobre alienígenas. Y lo mejor: ¡es que no lo era! El *axolotl* albino vive, es y existe. Lo conocí en el Zoológico de Chapultepec y me impactó.

Su falta de pigmentación hace que se vea aún más frágil que el ajolote común, hasta parece quebradizo diría yo, porque, a través de su piel finita, se transparentan sus huesos. Y es en eso que encontré mayor intriga y un magnetismo que me atrapó. Al ajolote albino no le podía quitar los ojos de encima, así pude ver el interior de su cuerpo casi como si estuviera disecado y muerto, pero ¡estaba bien vivo y aleteando! Algo nunca visto, o mejor dicho, algo siempre oculto. «Creo que vi su corazón latiendo». Le comenté a Mimí.

—Espectacular. ¿Te imaginas que lo mismo pasara con los seres humanos? ¡Qué interesante sería ver nuestros corazones latir, ¿verdad?

—Sería padrísimo. —Fue mi respuesta, la cual sacó de onda a Mimí.

—¡Pues oye, hermano! Conmigo no debes esforzarte tanto en mostrarme que ya sabes hablar mexicano, ¿vale?

Con un guiño de ojo, contesté:

—Recuerda Mimí: si en Roma haced como los romanos, ¿en México?

—¡Ya! Haced como tú, ¿verdad?— Y recibí su guiño de vuelta.

Salimos del zoológico por la puerta de Paseo de la Reforma. Me di cuenta que fue la intención de papá llevarnos hasta ahí sin avisarnos para que nos sorprendiéramos aún más con la Ciudad de México, especialmente yo. Tengo que reconocerlo, papá se esfuerza siempre por "vendernos" cada nueva ciudad, y lo logra. La avenida Paseo de la Reforma era una verdadera fiesta. Gente por todas partes y en todas direcciones. No, mentira, en todas direcciones no. Circulaban sólo en dos direcciones y las de siempre: los que van y los que vienen. Pero no había ni un solo auto o carro, como también le dicen aquí.

Reforma estaba llena de bicicletas y atletas de todos los tamaños. Niños y adultos, jóvenes y mayores, familias completas o personas solas y trotaban, patinaban o pedaleaban sobre el mismo asfalto. Puestos de comida, dulces y bebidas y vendedores ambulantes los acompañaban al costado sobre la acera. Había una energía especial en esta avenida ese día. Luego me enteré que el Paseo de la Reforma es así todos los domingos. Lo llaman Paseo Dominical y es parte del programa Muévete en Bici para promover el uso de la bicicleta. Con eso, y gracias a eso, mejora la calidad del aire de la Ciudad de México que padece de contaminación por estar hundida y tan poblada. Así es que, cada domingo, desde las 7 de la mañana y hasta las 2 de la tarde, la avenida más hermosa y emblemática está cerrada para los carros y abierta para que ciclistas, patinadores, corredores y peatones transiten libremente en ella. Impactante verlo y ser parte, mucho más.

Papá rentó bicicletas para los tres y nos sumamos a un sinfín de personas que se movían a diferentes velocidades, ordenadas y respetuosas. Si habías venido en grupo podías sentirte libre e independiente, así seas menor de edad. Si habías venido solo te sentías acompañado bajo el mismo cielo y todos protegidos por el Ángel de la Independencia, la Diana Cazadora, el monumento a Cuauhtémoc y las estatuas de tantos próceres de los estados mexicanos. Creo que nunca vi una avenida con tantas esculturas. Según papá, leyó que para su inaguración, cada estado que conforma la república mexicana debió enviar dos esculturas para su representación. Así es Paseo de la Reforma. Y así lo explicó papá:

—Esta avenida es una arteria histórica y cultural de la ciudad. Ojalá vengamos mucho, niños, porque, además de las esculturas y monumentos importantes que ven, es por Reforma que llegas a museos importantísimos como el

Museo de Antropología, al centro histórico, al Zócalo y a Palacio de Bellas Artes.

Rentamos nuestras bicicletas a la altura del Museo de Arte Moderno, uno de los tantos museos en la avenida. Temí que papá quisiera entrar a uno ese mismo día porque lo conozco. Pero él me conoce más a mí. Visitar museos sería para más adelante, seguramente para un día de lluvia. Papá sabe cuánto me gusta hacer ejercicio, estar al aire libre y sentirme liberado. Montar bicicletas en una avenida tan tradicional fue entonces un gran plan. Fue tan divertido como inesperado, y lo convirtió en el mejor de los planes para ese día.

Cada uno pedaleaba en silencio y por su cuenta. Yo me mantuve lo suficientemente lejos para sentirme independiente de papá y Mimí y lo suficientemente cerca y atento para no perderlos de vista. Me sentí feliz montado en mi bici. Como un mexicano más. Nadie hubiera sospechado que recién habíamos aterrizado en este país y que mañana sería mi primer día de escuela. Sólo nos detuvimos al pie del monumento del Ángel para tomar fotos. Y en el monumento a

Cuauhtémoc, para retornar. Yo hubiera seguido. Pero a Mimí ya se la notaba cansada y aún había que hacer el mismo recorrido de regreso.

—Niños, mejor ya vamos retornando. Y espero que estén con hambre como yo. Los quiero invitar a comer unos tacos al pastor, chicharrón y queso asado. Y luego ya volvemos a casa para preparar loncheras y mochilas, que mañana comienzan las clases.

Ya me lo esperaba. Tan pronto como llegáramos a México, papá cambiaría al menú local y nos sugeriría "el plato de la casa", ¡bueh! del país. Yo tenía hambre como papá y estaba a punto de decir lo mismo que escuché a Mimí reclamar:

—¡Ojalá mañana pudiéramos montar bici hasta la escuela!

—Me sacaste las palabras de la boca, Mimí… —le dije emocionado.

—Niños, ya se los expliqué varias veces, para ustedes, aquí en la Ciudad de México, es obligatorio el uso del camión.

Si piensas que llegaríamos cada mañana a la escuela en un gran vehículo transportando enormes cargas, animales o tanques, pues pensaste lo mismo que yo cuando escuché por primera vez la palabra "camión". Aquí le dicen así al transporte escolar y a esas bestias enormes que también circulaban por las calles de Buenos Aires. Son los colectivos o autobuses. Los hay rojos, morados, verdes, blancos, rosas y completamente amarillos. Estos últimos son los escolares.

Me hubiera encantado ir en bicicleta como dijo Mimí o en subte, como hice en Argentina, ¡bueh!, acá al subte le dicen metro. En esta ciudad no quedaba de otra. Sin duda, el camión sería el primer gran cambio al que haría frente en México. Si hubo algo que en Buenos Aires me ayudó a pasarla bien y a hacer buenos amigos fue viajar en subte y encontrarme con Luciano y Aldana todas las mañanas. ¿Lograría disfrutar y conocer amigos en un camión amarillo y tan grande como los de larga distancia y que parece que cruzará la frontera más que llevarnos a unas 50 cuadras lejos de casa? No me imagino yendo a la escuela en camión… Aunque tengo que reconocer que las razones por las que el transporte escolar es obligatorio tienen mucho sentido y me causaron bastante admiración y respeto hacia esta nueva ciudad. Papá lo explicó clarito:

—El principal motivo es controlar y reducir la contaminación atmosférica y el congestionamiento de carros particulares y taxis que circulan en zonas de escuelas. Además, se usa menos combustible que también disminuye los problemas de salud por las emisiones y gases de los autos. Y ¿saben otra cosa más, niños? Para muchas familias es una gran solución. Sin ir más lejos, a mí me dará mucha tranquilidad que vayan y vuelvan en camión mientras estoy en la oficina. De hecho, y para que lo recuerden, su bus será el número 17.

La respuesta que Mimí dio a eso me admiró e interesó aún más. Ella siempre un paso adelante e informada. Casi que aplaudí cuando la escuché leer de la pantalla de su laptop:

—Papá, escucha, porfa. Porque yo también anduve leyendo y aquí en la página del PROTE dice claramente —Mimí volteó y me miró a mí haciéndome sentir algo ignorante—, el PROTE, Boris, es el Programa de Transporte Escolar. Aquí claramente dice: "¿En qué casos se exenta a los alumnos del transporte escolar?"

—¿Qué? ¿Entonces hay excepciones? —interrumpí con alegría para recibir de Mimí un rotundo y autoritario ¡shhhh! antes de continuar leyendo— : "Cuando los alumnos lleguen caminado, en transporte público o en algún medio de transporte no contaminante, como la bicicleta" —dijo y terminó.

Papá echó a reír y abrazó a Mimí:

—Es por eso que eres tan adorable, mi niña. Siempre queriendo saber más y buscando respuestas para todo. Pero para eso que dices y quieres, 85% de los estudiantes de tu escuela debería tomar la misma decisión de ir en bicicleta o en transporte público. Sé que a Boris especialmente le encantaría usar el metro, pero primero y principalmente: no creo que ustedes deban ocuparse de convencer a la enorme mayoría de niños que aún ni conocen. Y segundo, con los subtes de Buenos Aires ya tuvimos suficiente, ¿no creen? A ver si evitamos los sustos y las desapariciones esta vuelta.

Papá tenía todo mucho más claro y fundamentado de lo que yo hubiera esperado. Pero lo que más me llamó la atención fue darme cuenta de cómo tenía muy presente lo que sucedió en Argentina.

Me di cuenta de que él también la había pasado mal aquella noche.

Pero ya estabamos lejos de aquello, añorando, pero también disfrutando de un domingo de paseo por Paseo de la Reforma.

3

DE DF A LA CDMX EN CAMIÓN

El lunes Mimí y yo ya estábamos vestidos con nuestros nuevos uniformes listos para subirnos al camión de la escuela. El camión pasó por Mimí y por mí a las 7 y 10 de la mañana. Papá nos acompañó caminando las tres cuadras hasta la parada en avenida Paseo de la Reforma. A esa hora circulaban tantos carros que enseguida pensamos que nos habíamos quedado dormidos y se había hecho tarde. Que el bus nos había dejado. La avenida Paseo de la Reforma, vestida de lunes, lucía completamente invadida por camiones y carros que parecían tan dormidos como yo por lo poco que se movían. Reforma definitivamente tenía otra forma, ritmo y emoción. No tenía nada que ver con la fiesta peatonal del día anterior. Y menos aún a la hora del regreso de la escuela. A partir de las tres y media de la tarde, carros, autobuses, carros y camiones, carros y camionetas, taxis y carros, carros y más carros no dan descanso al asfalto. De hecho, no hay porción de asfalto que se pueda ver libre de lo pegado que están los carros entre sí. Así y todo, los vendedores ambulantes siempre logran escabullirse entre el tráfico ofreciendo aguas, natillas, tortas, cargadores y accesorios para celulares y, por supuesto, periódicos; que son muy útiles porque con tanto tráfico, por lo menos llegas bien informado. Avanzas tan poco en tanto tiempo. Aquí le llaman "ir a vuelta de rueda" y lo que más admiro es la calma de los conductores.

El ruido inevitable que se escucha es el de los motores, recalentados por cierto, pero los conductores, afortunadamente, no se impacientan tocando el claxon. De sólo pensar qué sucedería si cada conductor tocara el claxon me duelen los oídos. El tráfico ya es insoportable "en silencio". Por eso creo que, si los monumentos de la elegante avenida cobraran vida de lunes a viernes, el Ángel de la Independencia escaparía volando; los ocho leopardos de bronce que custodian a Cuauhtémoc rugirían para poner orden y la Diana Cazadora lanzaría sus flechas a aquellos que trabaran las intersecciones impidiendo el cruce de otros carros, o sea, se quedaría sin flechas en seguida. El tráfico es peor de lo que esperaba. El pulso de esta gran ciudad late fuerte en sus calles. «Ciudad de México. Siento que serás todo un desafío». Pensé.

Por supuesto nos estresamos: primer día de clase y llegar tarde no era la mejor manera de empezar en la nueva escuela... Pero luego nos dimos cuenta que en esta ciudad hay tráfico desde las 7 de la mañana hasta las 7 de la mañana del día siguiente. Y hay días que hay más tráfico que otros. A veces culpan a la contaminación y otras a la construcción de nuevas vías o al programa No Circula, que son esos días cuando, según te toque, no puedes usar auto; también culpan a la lluvia. No sé cuál de las primeras fue la razón en nuestro primer día de clases, pero, por suerte no llovía, porque tuvimos que esperar el bus casi diez minutos. Luego de los primeros cinco ya lo veíamos a lo lejos. Alto, amarrillo y lento. Finalmente llegó casi vacío hasta nuestra parada. La puerta del bus 17 se abrió. Nos despedimos de papá; Mimí entró casi corriendo, pero yo, al pisar el primer escalón, sentí un escalofrío en todo el cuerpo; subí lenta la mirada… el chofer del camión era un tipo mal encarado que me veía raro, de esos que dan miedo. Terminé de subir, y hasta que me senté en uno de los asientos de en medio dejó de mirarme. Me arrimé a la ventana para evitar su mirada, pero el retrovisor alcanzaba casi cualquier punto del camión… de su camión. Y de su espejo retrovisor colgaba una calavera. Yo he visto colgar cruces, rosarios, estampas religiosas, adornos y perfumadores. ¡Pero una calavera! ¿Qué necesidad de asustar a los niños del camión con algo tan terrorífico? Aunque estaba pintada de colores muy brillantes y alegres. De lo más extraño.

Desde que nos subimos Mimí y yo hasta la siguiente parada, donde se subió una niña, fueron sólo cuatro cuadras, pero se demoró por lo menos diez minutos más. La niña cargaba una mochila roja bastante abultada, no vi cuando se sentó al lado mío, pero sí sentí, al cabo de un rato, el peso de su mirada. Era obvio que miraba hacia afuera como yo. Pero ¿ya viste como es cuando la persona sentada del lado del pasillo se pone a mirar por la ventana? Parece que te está mirando a ti. Y así lo sentí. Más aún cuando el paisaje casi no cambiaba de lo lento que iba el camión.

Yo observaba por la ventana la cantidad de gente y de autos.

Entre las personas que veía en la calle me llamaba la atención ver a niños solos sentados en la acera o junto a un adulto, quizá sus padres. Cuando el semáforo daba rojo, se paraban y vendían dulces, chicles y aguas, limpiaban parabrisas, hacían algún show de malabares o tan sólo pedían una ayuda. Sonreían al menos con el regalo de una mirada. Y festejaban cuando recibían su pago o una moneda. Algunos desaparecían de mi vista y seguían a la gente que bajaba una escalera que los llevaba al metro. Supongo que ahí harían lo mismo que en los semáforos. Y espero que con más éxito. La gente los ignora. Los que manejan, cuando algún niño se les acerca, a veces ni los miran o disimulan buscar algo en el carro, sintonizando la radio o fijando la mirada en un único punto casi sin parpadear. Algunos otros niños se mezclaban caminando entre los autos frenados buscando brazos extendidos sobre ventanas bajas. Pero cuando los autos subían una rampa no los seguían. En ese momento eran los mismos niños que ignoraban a esos autos que desaparecían también a mi vista en las alturas de lo que aquí llaman "el segundo piso del Periférico".

El Periférico es una autopista central y clave de la ciudad. Si el Paseo de la Reforma es la gran arteria cultural de la CDMX, Periférico es su espina dorsal. Su tránsito también es constante, quizá más fluido y veloz. ¡Bueh!, veloz, lo que se dice veloz no lo es porque también está lleno de carros. Pero el Periférico se toma para traslados más largos, distantes, urbanos y suburbanos. Estuvimos casi frenados por unos cinco minutos al lado de otro bus rosa y blanco con las letras grandes CDMX pintadas en negro. La incomodidad de que nuestro bus no avanzara y la mirada de la niña me apresuraron a sociabilizar y así fue que le comenté de mi reciente llegada a México y que, al salir del aeropuerto Benito Juárez, vi las letras CDMX como esculturas de muchos colores y pensé que se trataba de números romanos que tendrían relación con

Roma, creo que eso fue más o menos lo que le dije. ¡Y maldije un minuto después!

—¡Números romanos! ¿En serio pensaste que la CDMX eran números romanos? Creo que me voy a reír hasta el 2020. Es decir, hasta el MMXX.

Ella volteó y se lo comentó a los niños que se sentaban atrás en el camión:

»¿Escucharon eso, chavos? ¡La CDMX, números romanos! ¿Qué sería eso? Algo así como… como…

—¡Ah! Pues veo que se te complican los números cuando son elevados —se apresuró a contestar Mimí asomándose desde el asiento de adelante—. A nosotros nos llevó menos tiempo descubrir que CDMX significa Ciudad de México que lo que a ti te está demorando reconocer que ese número no existe.

Más carcajadas se sumaron a las que ya había provocado Lupita en todo el camión. La intervención de mi hermana "sabelotodo" no fue justamente lo que yo necesitaba para el primer día de clases. Sí, porque aquí en México la escuela no empieza en el minuto que suena el timbre y entras a clases. Aquí la escuela comienza, en el mero segundo que te montas al camión. Y esa

fue mi primera lección en el "salón-camión": lo que pasa en tu asiento no queda en tu asiento. ¡¿Por qué fui tan sincero con la primera niña que conocí en esta ciudad?!

Lupita, una niña baja y menuda, con el cabello más largo y brilloso que jamás había visto fue quien se sentó a mi lado en el camión el primer día y todos los días siguientes. Esa fue la segunda lección del "salón-camión": donde te sientas, te quedas. Lupita se sube una parada luego de la nuestra. Lo primero que me llamó la atención de Lupita fue que su frente se veía amplia a pesar de su largo cabello, lo que hacía lucir aún más sus lindas y finas cejas arqueadas. Destacaban así sus enormes y bonitos ojos; aunque a esa hora de la mañana todos subimos al camión con los párpados medio cerrados, los de ella están ya bien abiertos y despiertos. Es que Lupita es así: siempre está atenta, alerta y dispuesta a preguntar, descubrir, participar y a contar cosas interesantes. A Lupita le encanta platicar.

—Bueno, la Ciudad de México no es tan antigua como Roma, pero mira que fue fundada en 1325 y es la más antigua de América. ¿Sabes cuál fue el nombre original?

—Creo que lo leí en el avión, pero no lo recuerdo.

—Tenochtitlán —interrumpió Lupita y continuó sin parar.

—¿No son esas las pirámides que están aquí cerca?

—No, eso es Teotihuacán. Donde están las pirámides del Sol y la Luna. Pero el nombre original de México es en náhuatl: Tenochtitlán. Fue la capital del Imperio Azteca y tenía alrededor de 300 mil personas, una población más grande que cualquier ciudad europea en ese momento. Fue conquistada por España eso sí lo sabes, ¿verdad?

Ni tiempo de asentir me dio. Pero sí le dio tiempo a Mimí de voltear de nuevo por encima de los asientos de adelante y empezar a escuchar con atención.

No fue sólo la mención de España, que capturó la atención de Mimí. Conozco a mi hermana, claramente detectó en Lupita a una "sabelotodo" de verdad y eso le interesó.

—¿Pues entonces en esta ciudad habéis estado llenos de gente desde los Aztecas? —acotó Mimí e hizo reír a Lupita.

—Ándale. Llenos de gente desde siempre.
¿Eres de España?

—Tú lo has dicho.

Creo que a Lupita no sólo le gustó eso de que
la escuchara con atención aquella niña que le
tradujo los números romanos, sino también la
oportunidad de poner a su México lindo y querido en el mapa del mundo y seguir hablando
sin parar de la CDMX.

—Es cierto que somos muchos, muchísimos,
en esta ciudad. Por cierto, está dentro de las ciudades más pobladas del mundo. ¿Lo sabías? Hay
más de 20 millones de personas. Por eso dicen
que esta ciudad es uno de los principales centros
financieros y culturales no sólo de América, sino
del mundo.

—Algo de eso nos contó nuestro papá —logró comentar Mimí.

—¿Nuestro?

—Sí. Este chaval sentado a tu lado es mi hermano. Boris y yo, que me llamo Mimí, somos
hermanos. Y tú ¿cómo te llamas?

—Guadalupe. Me dicen Lupita —.Y volteán-
do hacia mí, me dijo— Boris. Pues el nombre

es meramente español, pero tú no suenas como español para nada. Tu acento es más latino.

Me gustó que no supiera exactamente de dónde era y, también, la oportunidad de hablar un poco yo, aunque sea por estas cuatro únicas palabras ya que Lupita siguió hablando de la CDMX como si fuera una guía de turismo.

—Soy de Reino Unido.

—¡¿De Inglaterra?! No lo hubiera dicho jamás. ¿Sabías que esta ciudad y Londres son las que más museos tienen en el mundo? Más que Madrid —lo dijo con un guiño a Mimí— y más que Nueva York y París.

—Justo eso te estaba por contar. Que nací en Inglaterra, pero también vivimos en París. Y luego en Buenos Aires.

—¿En París? *Oh là là*. Allí está lleno de castillos. Pero ¿sabías que nuestro Castillo de Chapultepec es el único castillo real de todo el continente americano? Deben ir a visitarlo en cuanto puedan. Sobre todo porque está en medio del bosque más grande y lindo que he visto en mi vida. El Bosque de Chapultepec es de los parques más grandes que puedas encontrar en medio de una ciudad. Hasta es más grande que el Central Park de Nueva York.

—¡Pues, tú sí que has viajado mucho!

—No. Mimí. Nunca he salido de México. Me encantaría algún día montarme en un avión...

—¿Nunca has volado?

—Veo que te parece raro.

—Es que nosotros nos hemos mudado tanto... —esa fue la primera vez que escuché a Mimí decirlo con cierta añoranza. Era evidente que tanto a Mimí como a mí nos superó la sorpresa de escuchar a Lupita decir que siempre había vivido en la misma ciudad y en la misma casa desde que nació.

—Pero me gusta mucho leer, Mimí. Viajo con los libros. Y mis materias favoritas de la escuela son Geografía e Historia.

—A mí también me gusta leer —aproveché a decirle—. Pero debo confesarte algo más, Lupita. En todo lo que he leído hasta ahora de la Ciudad de México, no me había topado aún con las siglas CDMX. Sólo con las siglas DF.

—DF, claro, DF, Distrito Federal. Ahora al DF lo llamamos la CDMX. Ya no será un distrito sino una ciudad formalmente y seguirá siendo la capital.

Pero eso tiene que ver con política y yo de esas cosas no entiendo nada. Es aburrido.

Tanto Mimí como yo nos quedamos esperando algo más de explicación. En ese momento me di cuenta cuánto me había interesado todo lo que sabía Lupita de su ciudad y hubiera querido escuchar más. Pero el que habló fui yo:

—Lupita, yo creo que sí sé por qué le cambiaron el nombre a tu ciudad de DF a CDMX.

—¿Tú lo sabes? —contestó con una pregunta cargada de sorpresa.

—Sí, ¡mira todo el tiempo que ya llevamos andando en este bus y en este tráfico para llegar a la escuela! Creo que DF no significa Distrito Federal, sino Distancias Fatales.

Mimí y Lupita se echaron a reír a carcajadas. Y, esta vez Lupita también volteó y lo compartió con todos:

—¿Escucharon eso? ¡DF, Distancias Fatales!

Todos los del bus se rieron fuerte, y creo que escuché un par de aplausos. Hasta el chofer rompió repentinamente en una risa. Y si digo una es porque una fue. Áspera y densa, más que alegrarme me asustó. Bastante.

Al oír esa risa gruesa, tosca y única, automáticamente miré hacia adelante para sentir otra vez su mirada intensa desde el espejo retrovisor que, al encontrarse con la mía, se endureció aún más; me miró fijo y frunció el ceño como quien ajusta el lente de una cámara de fotos para capturar nitidez y centrar la imagen. Sentí que en ese momento sus ojos, y los de la calavera del retrovisor, se enfocaron en mí y me registraron como "el nuevo". Pero no vi gesto de bienvenida alguno. Más bien me sentí intimidado por sus intensos ojos negros que estaban enmarcados por anchas cejas tan pobladas que casi no dejaban espacio entre sí. Eso más un bigote gordo que no vio afeitadora en años compensaban la calvicie, pero endurecían aún más la apariencia del señor Chucho.

Ese momento en que el señor Chucho y yo nos volvimos a mirar me pareció eterno, pero sé que duró apenas unos segundos porque fue interrumpido muy pronto por su vozarrón que anunció:

—Niños, llegamos. Abajo ya.

Noté que todos en el camión se callaban cuando el señor Chucho hablaba. Su voz se impone y se teme. Noté también que, ante su indicación, todos y cada uno en el bus se pusieron de pie y, sin decir ni una sola palabra marcharon como soldados por el pasillo. Esta fue otra lección del "salón-camión": el recorrido y la plática terminan abruptamente cuando el señor Chucho dice: «Abajo ya». Así estés en medio del mejor de los cuentos o por terminar de contar un chiste, no te demores en bajar. Marcha en silencio y a paso sostenido hasta la puerta del camión y luego continúas la plática abajo. Mientras caminaba hacia adelante sentí la mirada del señor Chucho desde el retrovisor hacia mí. Una vez más, fuerte y penetrante. La calavera aún se balanceaba de lado a lado por el movimiento del bus. Lentamente comenzó a disminuir su recorrido pendular, pero nunca se volteó, siempre quedó de frente hacia mí cual reloj de hipnosis. Al llegar cerca de su asiento de conductor y casi sin voltear, con su voz afónica y demasiado amiga del cigarro, me dijo:

—Así que no sólo eres nuevo, sino que también te sientes chistoso—. ¡Uy!, ya le caía mal al señor Chucho.

Aquí en México a todas las Guadalupe se les dice Lupita y a las Rosario, Chayito, y todos los

Jesús son Chucho. En el caso de nuestro chofer me pareció irónico y equivocado. El señor Chucho no parecía ni pariente lejano del de Galilea... Creo que nadie quería estar cerca de él. A mí no me gustaba su presencia. Pero la tenía que aguantar todas las mañanas y todas las tardes.

Sin decir nada bajé del camión lo más pronto que pude. Me sentí aliviado. Pero había perdido de vista a Lupita...

Entre la masa de alumnos que entraban al colegio, logré distinguirla por su largo cabello negro trenzado, pero sobre todo por su abultada mochila roja. Cuando casi la alcanzaba noté que un muchacho flaco, alto y apresurado se le acercó y, golpeando su mochila roja, le dijo:

—Veo que este año también lo quieres seguir intentando.

4

MI CASA, TU CASA

Las primeras semanas pasaron tan rápido que apenas pude chatear con Luciano y Aldana para contarles algo sobre la nueva escuela y mis nuevos compañeros.

Cuando te cambias de país hay tanto para contar que no sabes por dónde empezar. Es como nacer de nuevo cada vez que te sellan el pasaporte en migraciones. Nadie te conoce en la nueva ciudad hasta que aterrizas, pero ¡sí que tienes una historia que contar de antes! Todos tenemos una historia para contar.

Pero más importante aún, una que continuar, sea en tiempo real o virtual.

«Luciano te ha enviado un mensaje privado»

Leí en mi celular el viernes en la mañana y revisé:

@Lupost: Boris, contate algo de México, che. Que no sabemos nada de vos hace semanas y se te extraña por Buenos Aires.
@Boris: Todo bien, Luciano. No paré ni un segundo. México es mucho más grande que Buenos Aires. La escuela, también. ¿Nos conectamos hoy cuando llegue a casa a la tarde?, así te cuento más. Acá son dos horas menos. Chau, maestro.

Ese viernes, en cuanto sonó el último timbre de la escuela, salimos todos caminando hacia los camiones más rápido que de lunes a jueves. Estoy seguro que la alegría y entusiasmo de un viernes por la tarde es la misma en todas las escuelas del mundo. El fin de semana nos alegra a todos por igual seas del norte, del sur, este u oeste, de primaria o secundaria.

Yo esa tarde lo único que quería era llegar a casa y tirarme en la cama a chatear con Luciano. De hecho, venía caminando con Lupita y contándole que Luciano tiene un blog buenísimo cuando escuché:

—¡Boris! ¡Acá!

Papá estaba en medio del patio. Ya había dado con Mimí y me esperaban.

—¡Sorpresa! Los vine a buscar. Nos vamos a Tepoztlán el fin de semana.

—¿Tepoz… qué, papá? —pregunté.

Lupita, que estaba aún conmigo y como ya era de esperar, contestó antes que papá:

—Te-poz-tlán. Es precioso. Ya verás, Boris.

—Pero, ¿dónde está?

—Muy cerca de Cuernavaca, en Morelos. Cuernavaca es la capital del Estado de Morelos y está más o menos a una hora de aquí. Buenas tardes, Señor. Soy Lupita—. Se presentó estirando la mano.

Lupita tiene tanta soltura para hablar, presentarse y socializar que logra captar el interés en ella y en México, es de admirar. Yo pensaba que esa soltura se logra cuando cambias de país constantemente, porque te obliga a comenzar de cero en cada nueva ciudad, como nosotros. Pero no. Se puede nacer y ser así, como Lupita. Me gusta.

—Encantado de conocerte, Lupita. Y muchas gracias por entusiasmar a estos niños con mi sorpresa. Pensé que sería un buen plan para este fin de semana visitar un Pueblo Mágico.

—¡Lo es! Y hay tantos Pueblos Mágicos que no les alcanzarán los fines de semana. ¡Uy! Con-per, ya me voy porque si no me deja el camión.

Lupita corrió, pero antes volteó y me recordó:

—El lunes comienza El Desafío, Boris.

—"¿Con-per?" ¿Y qué desafío? —preguntó papá.

—Con-per es "con permiso", papi. —supo aclarar Mimí.

Y yo con otro "con-per" me adelanté sin contestar a lo de El Desafío. Hubiera sido una buena oportunidad para explicarlo porque es algo que no me había sucedido en otras escuelas, al menos organizado así y que me entusiasmaba y prometía. Pero me adelanté, no quería que se notara mi mal humor por el cambio de planes. Aunque este nuevo plan tenía una gran ventaja: no me subiría al camión, y no tendría que volver a ver al señor Chucho hasta el lunes. ¡No quería ni verlo en foto después de lo que había pasado esa mañana!

—Niños, miren todos aquí adelante. A la cuenta de tres, quien reconozca esta lonchera y esta sudadera, se pone de pie en medio del pasillo.

Dejé mi asiento y el señor Chucho y yo quedamos enfrentados en el pasillo, como duelo de vaqueros. A unos cinco asientos de distancia. Nuevamente esa mirada dura y escalofriante se clavó en mis ojos mientras inhalaba profundo sólo por la nariz. Su boca estaba sellada, parecía que almacenaba unos cuantos insultos. El silencio en el bus era insoportable y reclamaba, al igual que yo, una definición y conclusión a una escena innecesariamente incómoda. Si esas cosas eran mías, ¿por qué no me las devolvía y listo? Decidí romper el silencio yo mismo.

—Son mías. Las dos cosas son mías. Las olvidé ayer aquí en el camión.

—Perdón, chamaco, ¿pero a quién le hablas?

—Son mías, señor Chucho. Las dos cosas son mías, señor Chucho. Las olvidé ayer aquí en el camión, señor Chucho—. Con un sólo "señor Chucho" hubiera sido suficiente.

—¡Ah!, andas de nuevo de chistosito, ¡eh! Mira, chamaco, no tengo tiempo para perder contigo, pero si estas cosas son tuyas, ¡pues cuídalas! Aunque quizá tú tengas otra lonchera y muchas sudaderas... Sospecho que es así porque a éstas ¡ni nombre les pusiste! Pero no importa eso ya. Lo que importa es que escuches bien lo que te voy a decir ahora. Será la única advertencia que te daré: la próxima vez que se te olvide algo sin nombre aquí dentro ni lo busques en Cosas Perdidas de la escuela ni pretendas que yo te lo devuelva como hoy. Me lo quedo y se lo doy a alguien que sí lo cuide y lo aprecie.

Casi en simultáneo con su última sílaba me aventó las dos cosas directo al pecho. Fue tan repentino y sorpresivo el lanzamiento que no reaccioné lo suficientemente rápido y la lonchera aterrizó en el piso y con tanta mala suerte que se abrió volcándose mis recipientes con restos de comida. Era un asco. Y era mío, pero no era mi culpa. Se manchó el piso, pero, lo peor, fue el mal olor.

El bus entero se impregnó de la pestilencia, pero nadie dijo nada, lo cual yo sí que agradecí, también en silencio. Y en silencio también le dije de todo al señor Chucho: «¡Ojalá algún día tenga la oportunidad de decirle todo lo que se merece!

¡Quién se cree que es este infeliz malhumorado y amargado!»

En el camino a Tepoztlán temí que Mimí le comentara a papá lo que me pasó esa mañana. Pero creo que ella sintió tanta intimidación y pena por mí que ni se lo ocurrió hablar nada referente a la escuela. Así que yo me limité a intentar comunicarme con Luciano mientras andábamos en el carro. Pero no tuve suerte. Había muy mala señal y luego me quedé dormido hasta que llegamos a un hotel que papá había reservado por internet en el centro de Tepoztlán. Muy bien ubicado, pero no tenía buena señal de *wi fi*. Me quedé dormido hasta la mañana siguiente intentando conectarme.

Casi tan temprano como para ir a la escuela, papá nos despertó:

—¡Arriba, familia! Tenemos un gran día por delante aquí en Tepoztlán —dijo corriendo las cortinas y llenando con demasiada luz la habitación del hotel.

Cubrí mi cara con la almohada y pataleé por debajo de las sábanas. Si tengo que ser muy sincero, el esfuerzo de papá por adaptarse a los nuevos lugares y sus constantes planes por animarnos y entusiasmarnos con el nuevo destino, en ese momento, me estaban cayendo mal. No es nada contra México. Todo lo que he leído y lo que Lupita me ha contado me ha interesado. Pero a mí mismo me sorprende que no tenía la misma energía que en otros destinos. A Mimí veo que no le pasa lo mismo. ¿Será la diferencia de edad? No sé si papá se daba cuenta de que México me estaba costando más de lo que parecía, de lo que se notaba. Y de lo que dejaba saber: ya a un mes de haber llegado, mi acento chilango era lo suficientemente bueno como para que nadie me preguntara de dónde soy. Al fin y al cabo, y como me pasó en mis anteriores escuelas, las que más me preguntan; "*Where are you from?*" son las *misses* de inglés. Ninguna se espera que el que parece otro chavo más en su clase, les conteste con un ingles tan natural y nativo. Lo que para ellas es una agradable sorpresa para mí es un éxito absoluto. Incluso así, había algo que no me permitía llegar a México por completo... Pero por eso insistía en chatear con Luciano desde mi celular, a pesar de la mala señal y de que ya habíamos comenzado el recorrido a pie por Tepoztlán.

Con apenas hacer unos pocos pasos se veía muy lindo este Pueblo Mágico. El colorido de sus casas, y las calles empedradas y angostas eran como de un cuento. Papá nos había adelantado que lo primero que haríamos sería visitar el tradicional tianguis de los sábados. Se negaba a sentarnos en el restaurante del hotel o en un café de la calle para desayunar:

—Niños, ningún lugar es mejor para desayunar que el mismísimo mercado local. Aquí encontraremos las mejores frutas, panes y un delicioso café de olla. Exploremos el tianguis primero un poco y luego cada uno elige lo que quiere, ¿vale?

Creo que la idea de papá la tuvieron todos en Tepoztlán. Estaba lleno de gente cargando bolsas o arrastrando carritos que se iban llenando rápidamente. Yo igual andaba más pendiente del celular y de algún *ping* que me indicara que había entrado la señal y un nuevo mensaje de Luciano. Así, con mis ojos casi paralizados en la pantalla, seguí caminando atrás de papá y Mimí que se abrían paso por el tianguis.

En un momento, no tuve otra opción que alzar la vista y voltearme al sentir que alguien estaba, desde atrás, casi apoyando el mentón sobre mi hombro. Era un niño de más o menos mi misma edad que enseguida me dijo:

—Hola. Puedo ayudarte a recorrer el pueblo si quieres. Veo que ese mapa no te sirve de mucho. Llevas cuadras y cuadras mirándolo sin encontrar nada, ¿verdad?

—No estoy siguiendo un mapa —contesté con pena guardando el celular en mi bolsillo.

—Estaba intentando chatear con un amigo.

—Pues aquí tienes otro. Soy Juan Diego —dijo señalándose el pecho.

—Hola, soy Boris. ¿Entonces tú eres de aquí, de Tezpo..., Tepozto..., Tepoz…?

—Tepoztlán —me aseguró Juan Diego—. Lo sé. Es un poco difícil de pronunciar. Pero muy agradable de recorrer. Te voy a decir lo que no debes perderte aquí.

Juan Diego comenzó a nombrar varios museos, conventos y cerros. Los describió con tanto cariño que luego algunos no me parecieron tan lindos como esperaba. Escuchaba a Juan Diego con atención cuando de repente una voz a lo lejos interrumpió:

—¡Vamos, Boris!

Vi a papá y Mimí haciéndome señas para que los siguiera.

—¡Ve, amigo, adelante! —dijo respetuosamente Juan Diego— Y diles que te sigan ellos a ti porque ahora tú sabes qué visitar aquí.

—¡Claro! Y muchas gracias, Juan Diego.

—Nos vemos pronto con más tiempo, ¿vale? Tienes tu casa en calle Nezahualcóyotl número 23, Tepoztlán, Morelos.

Me quedé mudo, no por el nombre de la calle, ya me acostumbré a que aquí en México, y para mi gusto y dicción, algunas letras no sean pronunciadas, especialmente en los nombres propios, pero eso de que mi casa quedaba en esa calle… Juan Diego insistió:

—Tienes tu casa aquí en Tepoztlán para cuando gustes. Mi casa es tu casa.

Esta última oración me confundió más en lugar de aclararme.

—Mira: yo acabo de mudarme a este país y vivo en la Ciudad de México. No recuerdo la dirección exacta. Pero deja le pregunto a mi papá. Aquí a Tepoztlán vinimos sólo de visita por el fin de semana. No vivimos acá.

Ya para la mitad de la explicación vi cómo la sonrisa de Juan Diego crecía queriendo interrumpir tantas excusas juntas.

—Espérate, espérate ya. Aquí en México decimos siempre "Mi casa es tu casa" como una forma de darte la bienvenida siempre a nuestra tierra y decirte que la casa de uno está muy a la orden. Es una forma de decir.

—¡Boris, vamos! —volví a escuchar a la distancia.

Empecé a caminar hacia Mimí y papá. Pero enseguida volteé y le dije a Juan Diego:

—Entonces tú también tienes tu casa en la Ciudad de México.

—¡Ándale! Que por cierto me gustaría mucho conocer la capital algún día. Adiós, amigo.

Gracias a Juan Diego mi celular no volvió a salir de mi bolsillo por un largo rato y así disfruté mucho más de Tepoztlán. Pasamos bastante tiempo en el tianguis donde vendían una variedad de frutas y verduras que jamás había visto. Los olores también eran una mezcla distinta y yo podía asegurar que eran de sabores que no había probado aún.

Lo que sí me animé a probar yo, y solamente yo, fueron los chapulines. Ni la fruta más exótica, ni la verdura más desconocida, ¡los chapulines salados con limón fueron la mayor de las sensaciones del tianguis! No por el sabor sino porque era la primera vez que yo comía insectos. ¡Sí, insectos! No sé si lo volvería a hacer. Por eso me tomé una *selfie* con un chapulín en mi lengua. Y, ya que había sacado el celular, la publiqué enseguida.

—Verás que te pondrán miles de "Me gusta" en esa foto, Boris. Pero dime la verdad ¿te gustan o no te gustan los chapulines? ¿Qué sabor tienen? ¿Se mueven en tu boca?

—¡No te pienso decir! Pruébalos tú misma, Mimí.

—Ni muerta. Pero no ni muerta de hambre. ¡Ni muerta bajo tierra!

—¡Ah, bueno! Entonces tengo noticias para ti, hermanita: creo que bajo tierra, cuando te entierren, no sólo habrá chapulines sino también gusanos y serán ellos los que te comerán a ti.

—¡Guácala!

—¡Epa! Veo que alguien ya está hablando mexicano.

—Es sólo *survival mexican*, Boris. Lo necesario para sobrevivir y que me dejen vivir, ¿vale?

Lo último que hicimos en Tepoztlán fue subir el cerro Tepozteco. Desde ahí se veía el pueblo entero de Juan Diego. Espectacular. Los techos de las casas formaban un mosaico de colores y se sumaban al anaranjado y morado del atardecer. "México lindo y querido", creo que empiezo a entender por qué lo llaman así. Estar allá arriba me llenó de energía y entusiasmo hasta que:

—A su mamá le hubiera encantado ver este lugar... —murmuró papá.

¡Pero era necesario! ¡Era necesario ese comentario de papá! Mimí ni lo escuchó. Y yo lo ignoré. Lamento mucho si se sentía triste y la extrañaba en ese momento, pero venir a nombrarla donde nunca estuvo con ella, de verdad que me sacó de onda... Yo estaba en otra nota. Me estaba entusiasmando con la gran experiencia mexicana y observando que, desde arriba del Tepozteco, el pueblo de Juan Diego entraba en una sola foto. Tan pequeño y colorido, silencioso y armonioso y tan diferente a la CDMX. Después de eso regresamos a casa casi sin hablar.

El lunes cuando el camión pasó por nosotros decidí ignorar por completo al señor Chucho. No iba a permitir que el hombre me arruinara todo lo bueno que se podía esperar de este gran país, de sus Pueblos Mágicos y los buenos ratos con Lupita en el bus. Creo que ella me está gustando... Sus relatos me atrapan como un buen libro. Por eso el lunes, además de que empezaba El Desafío en la escuela, estaba ansioso por volver a ver a Lupita y contarle de Juan Diego y de Tepoztlán. Me había encontrado con otro niño que sabía tanto de su pueblo como ella de la CDMX.

—Es que los mexicanos adoramos nuestra tierra.

No era la primera vez que yo había escuchado a un mexicano hablar de su país como su tierra. Pero oírselo decir a Lupita fue distinto. No porque que me sorprendiera sino porque ese sentimiento es algo inusual para mí. Yo, que había estado en tres continentes diferentes, no sentía tener raíces fijas en ningún lugar, en cambio Lupita tenía un enorme cariño por México que me contagiaba y a veces, esa pasión con la que hablaba me hacía viajar a mi interior en busca de mi lugar en el mundo, de aquel sentido de pertenencia que tanto le admiraba. Bueno, no sólo eso admiraba de ella.

Pero volver a nacer no se puede. Así que en cada lugar que estoy hago lo mejor para adaptarme y ser quien soy. No siempre es fácil, pero por suerte hay siempre algo en común entre los niños de Latinoamérica que me ayuda mucho a integrarme: el fútbol.

5

El mundo,
UN BALÓN DE SORPRESAS

Gracias al fútbol siempre me pude integrar y divertir mucho en todos los destinos. Con un balón es más fácil meterme en "el juego de la vida" del nuevo país y de la nueva escuela. Más de una vez, cuando a papá le han preguntado por sus hijos y la adaptación a un nuevo país, lo escuché contestar: «Mientras Mimí tenga su laptop y Boris una pelota de fútbol, vamos bien».

A papá no le interesa el fútbol tanto como a mí, pero me apoya porque piensa que este deporte integra a los hombres, pequeños y grandes. De hecho aquí en México son fanáticos del fútbol, y sus compañeros de la oficina lo han enrolado para jugar todos los jueves después del trabajo. Y cada vez papá se está entusiasmando más con mi deporte favorito.

Uno de los paseos que más me ha gustado en México fue la visita guiada al Estadio Azteca, sede de dos finales de La Copa del Mundo: los campeonatos de México 1970 y México 1986. ¡Ahí sí que, con ese recorrido, papá supo conquistar mi entusiasmo por completo!

Es una emoción grande entrar a ese inmenso estadio, uno de los más grandes del mundo. Caminamos por sus túneles, entramos en los vestuarios y conocimos la mera cancha desde el césped, todo era imponente. Imaginé ser jugador profesional y convertir goles ahí mientras todos aplaudían, tiraban papelitos y cantaban mi nombre. Hasta imaginé a Lupita desde las gradas echándome porras, pero... también pasamos un momento bastante incómodo porque, como a papá sí se le nota que es inglés, al momento que el guía de la visita comenzó a hablar acerca de La Mano de Dios, el clima comenzó a ser algo tenso.

La Mano de Dios es un famoso gol que anotó el futbolista argentino Diego Armando Maradona en el partido entre Inglaterra y Argentina en los cuartos de finales, en el Mundial de México, 1986. Maradona en esa jugada ya estaba dentro del área cuando al ver la pelota cayendo ahí, saltó a la par del portero inglés con el brazo extendido. El balón golpeó en su puño izquierdo y rodó hacia la meta. Maradona miraba de reojo al juez de línea, pero festejó de inmediato y llamaba a sus compañeros a que se sumaran, aunque los ingleses reclamaban la infracción. Pero tanto el árbitro como el juez de línea convalidaron el gol.

El partido igualmente lo ganaron los argentinos, gracias a otro famoso gol de Maradona, el Gol del Siglo. La jugada de ese gol la comenzó desde su propio campo, bastante antes de llegar a media cancha. Sorteó no a uno, sino seis jugadores, incluyendo al portero, y con la zurda centró el balón en la portería inglesa cambiando el marcador 2 a 1 y llevando a su equipo a la semifinal. Pero el señor que dirigía el tour insistió mucho más en el gol de La Mano de Dios porque:

—Es un gol que sorprendió al mundo del futbol. Fue un gol histórico que sigue siendo el gol más controversial y polémico de la historia de los mundiales. Argentina ganó la Copa del Mundo en este estadio en 1986. Unos veinte años después, Maradona relató la verdad de lo sucedido en su biografía oficial. Admitió: "Ahora sí puedo contar lo que en aquel momento no podía. ¡Qué mano de Dios!, ¡fue la mano del Diego! Y fue como robarles la billetera a los ingleses también".

Los turistas del grupo que nos acompañaban en la visita, voltearon hacia papá. Él, mudo. Y, como buen inglés, muy bien portado. Pero yo lo conozco, y estaba furioso con la anécdota. Encima se tuvo que aguantar al guía decirle directa e innecesariamente a él:

»Lo lamento, Señor. *I am sorry, Sir*.

Así son las grandes ligas. Y las escolares, también. Lo que pasa en campeonatos profesionales, las discusiones por penalidades, faltas y goles, es también moneda corriente en los recreos de la escuela. Hasta con Luciano todo empezó mal en Buenos Aires por el fútbol. En la escuela, en cualquier escuela del mundo, se discute por temas de fútbol. Siempre hay algún personaje que te la hace más difícil. Y siempre hay estrellas y revelaciones.

Aquí en México tan pronto como el primer recreo supe que el muchacho que había empujado y amenazado a Lupita el primer día de clases era uno de los mejores jugadores de la escuela, pero no siempre jugaba limpio. Esteban se llama y, junto con otros amigos de la división B, son quienes organizan El Desafío, que es el campeonato interdivisiones que se juega durante los recreos largos de todo el año. Parece que, como organizador, Esteban se encarga de los sorteos de todos los partidos y siempre, ¡oh, casualidad!, a su equipo le toca jugar contra los equipos más débiles y ¡oh, casualidad!, Esteban siempre llega a los cuartos de final.

En la final del año pasado Esteban cometió penal cuando iban empatados 2 a 2. Algo así como el de La Mano de Dios, pero sin el perdón divino. Se lo cobraron en el instante y quien lo pateara contra su equipo tenía en sus pies el gol victorioso porque ya estaban en el último minuto del último recreo largo de fin de curso y de fin de campeonato hasta este nuevo año. Ese tiro de penal se convirtió en gol y el equipo de Esteban perdió 2 a 3 y perdió también el título de campeón. ¿Y qué crees? ¿Sabes quién pateó ese penal? Lo pateó y lo convirtió Lupita. Sí, Lupita, mi compañera del camión, la niña de cabello largo azabache que adora México y que, para mi enorme sorpresa, también adora mi deporte favorito. Y no sólo eso, lo juega con mucha destreza y estrategia.

Lupita... Me dio vuelta la cabeza descubrir que ella es una mediocampista de primera. No me lo esperaba. Lupita no deja de sorprenderme y atraerme.

Cuando el primer día de clases la vi salir hacia el patio del recreo largo cargando su abultada mochila roja, pensé que se había traído una enorme lonchera o demasiadas libretas y libros. Yo podría haber seguido imaginando mil otras cosas salir de aquella mochila, pero nunca jamás que de esa mochila roja Lupita sacaría no sólo una pelota de fut, sino también un par de espinilleras. Al llegar a la cancha, bajó sus medias blancas escolares y acomodó primero la espinillera derecha, luego la izquierda y comenzó a hacer dominadas. ¡Híjole! Si yo no imaginaba, esperaba o sospechaba que Lupita jugara al fut, menos que tuviera tal dominio y facilidad con la pelota.

Su forma de jugar es increíble, pero no deja nunca de platicar; aunque esté haciendo un pase o con la pelota totalmente dominada a sus pies, Lupita no deja de hablar.

—¡Presionen, chavos! Toque y pase, Boris. Venga aquí que es tuya. Cubran en defensa. ¡Pero nooooommmmbreee, era tuya! Muévete. ¡No manches, pero ¿qué cobras?! Adelántate. Síguelo y tapa.

La transmisión en simultáneo y la dirección técnica de Lupita al tiempo que jugamos me han costado más que acostumbrarme a tener compañeras o contrincantes en equipos que visten falda el resto del día. Junto con Lupita había dos niñas más que juegan el campeonato. Amigas de ella, pero, por suerte, más calladitas.

Por eso en el bus siempre evité hablar de fútbol con Lupita. Entre escucharla analizar que el pase debería haber sido antes, sentenciar a Esteban por que comete faltas o criticar a la defensa porque no bajó a tiempo, preferí mil veces más seguir escuchando sus relatos de México. Ella también estaba mucho más interesada en seguir contándome de su país, no sólo porque es una enciclopedia con pies y le encanta hablar, sino porque se acercaba el famoso 16 de Septiembre y el, desconocido para mí, 1 de Noviembre, dos fechas muy importantes para los mexicanos, tan llenas de tradiciones y emociones que los viajes en el bus empezaron a no ser suficientes para todo lo que Lupita tenía para contarme.

Igualmente, si no hubiera sido por la pelota de fut de Lupita casi me pierdo la primera gran fiesta mexicana: el Día de la Independencia. Aunque nunca imaginé que en esta fiesta tan alegre y colorida descubriría el lado más oculto del señor Chucho.

6

EL GRITO

En el camión Lupita y yo siempre nos sentamos en el mismo lugar. Ella, yo y su abultada mochila roja, que yo ya veía bien redonda porque ya sabía lo que traía. La mochila siempre quedaba al costado de nuestros pies en el piso y debajo del asiento de adelante donde se sentaba Mimí. Justo en ese asiento era donde el camión tenía un espacio más hundido, creo que correspondía a un lugar para guardar herramientas, pero que siempre estaba vacío. Ahí Lupita encajaba su mochila para que no se zafara con el andar del bus. Al llegar a casa leí en mi chat:

> @Lupita: Boris, espero hayas bajado mi mochila tú. La dejé debajo del asiento, donde siempre.

¡Me acababa de bajar del camión! De haber leído el mensaje tan sólo unos minutos antes hubiera podido rescatarla:

> @Boris: ¿Qué crees, Lupita? Recién leo tu mensaje. Igual no te preocupes. No quedó nadie en el bus. Hoy Mimí y yo fuimos los últimos en bajar. El señor Chucho la encontrará cuando revise el bus y la llevará a Cosas Perdidas... ¡Bah!, si tiene nombre... y si a ti te importan tus cosas, Lupita, porque si no se las va a dar a alguien que sí las aprecie... y si no ¡bueh, ya sabes: lo que al Chucho éste se le dé la bendita gana!
> @Lupita: De verdad que no entiendo por qué lo odias tanto, Boris. Olvida lo de la mochila. Nos vemos esta noche en el Zócalo, ¿vale?
> @Boris: ¿En el Zócalo?
> @Lupita: ¿Acaso no vendrás a la fiesta del Grito de Independencia?

Me había olvidado por completo. Papá ya había arreglado con sus compañeros de trabajo de encontrarnos en el Zócalo esa noche.

—Me dicen los muchachos de la oficina que uno no ha llegado a México sino hasta que da el Grito en la mera plaza central del Zócalo.

Si yo ya tenía la sensación de que los mexicanos sentían un orgullo fuerte por su tierra, la fiesta del Grito de la Independencia me lo confirmaría y reafirmaría por siempre y para siempre. El 15 de septiembre por la noche tuve la impresión de que ningún mexicano se había quedado en su casa. Todos habían salido hacia el Centro Histórico vestidos de verde, blanco y rojo, de charro o portando la playera del seleccionado mexicano de fútbol. La plaza del Zócalo es un referente turístico inevitable, o sea que está siempre llena de extranjeros. Pero el día del Grito era, sin duda, la porción de cuidad de mayor densidad poblacional mexicana que latía al ritmo de un sólo corazón nacional: la campana del Palacio de Gobierno.

Si te paras en el centro de la plaza, bajo la gigantesca bandera tricolor, no puedes dejar de girar sobre tu propio eje para también mirar y admirar el Templo Mayor, la Catedral Metropolitana y otros edificios coloniales que están a su alrededor. Pero el mero 15 de septiembre nadie giraba. No sólo porque no cabía ni un alfiler entre la cantidad de personas que éramos, sino también porque la mirada estaba fija en un pequeño balcón del Palacio Nacional a la espera del presidente de México. De verdad que éramos miles y miles de personas ahí. No me preguntes cómo, pero entre esa muchedumbre, pude distinguir al señor Chucho.

Dicen que lo que resistes, persiste. Hoy lo creo más que nunca porque lo viví en carne propia.

Este Chucho estaba solo y parecía estar preocupado buscando a alguien. Quizá por eso lo distinguí. Además de que es bastante alto, su cabeza calva se elevaba cada dos por tres porque se ponía en puntas de pie. Subía y bajaba y él sí que giraba. Pero no miraba ningún edificio, ruina, catedral o balcón. Su mirada iba más bien hacia abajo y, de vez en cuando, su brazo derecho se alzaba haciendo señas o marcando con el índice distintos lugares de la plaza. Intrigado me fui acercando a él. Como yo tenía un sombrero de charro puesto me sentía protegido y seguro de que no me vería. Y así fue y así llegué lo suficientemente cerca para ver algo que me demoré en interpretar, y que me enfureció de inmediato:

en el transcurso de unos quince minutos, niños con canastas llenas de banderas, maracas y cachuchas tricolores se le acercaron y le entregaron dinero al señor Chucho. Luego él les indicaba a dónde ir o les hacía señas para volver. Los niños estaban claramente en situación de calle como los que veo desde el camión todos los días. ¡Todo comenzaba a cobrar sentido!, los chicos parecían estar trabajando o robando, y el señor Chucho quien los dirigía. ¡Claro, de seguro que era eso! ¡Le daban el dinero a nuestro maldito chofer esos inocentes niños de la calle! Siempre sospeché que nuestro chofer no era buena gente. ¡Pobres niños! Si a mí me asusta este hombre dentro de un bus, no quiero imaginar si me lo encuentro en la calle, de noche y me obliga a robar.

Faltaban sólo cinco minutos para el famoso grito. Había quedado en encontrarme con Lupita al pie del gran mástil justo a las 10 y 40 para dar el Grito juntos. Salí corriendo a su encuentro. Ya se me había pasado la hora, pero por una justa causa.

—¡Boris! ¡Aquí! ¡Ven, que ya va dar la hora!

—Perdón, Lupita. ¡Es que no sabes lo que me pasó! ¡Adivina a quién vi!

—Pues aquí vas a ver a medio país, Boris.

—No, Lupita, que no estoy para chistes. Déjame que te cuente.

—Ahora, no, Boris.

—Es un segundo, Lupita. Escuchame porfa: ¡A que no sabes quién está aquí y en la que anda metido!

—Diez, nueve, ocho, siete...—la voz de Lupita era una en un millón.

El presidente de la República, junto a su familia, ya estaba en el balcón bajo el campanario y su brazo alzado y listo para echar a picar la Campana de Dolores. Lupita me había explicado que esa campana es la misma que el cura Miguel Hidalgo tocó para reunir al pueblo y levantarlos contra la corona española.

Miguel Hidalgo es reconocido por los mexicanos como el Padre de la Patria. Un hombre muy culto que, cansado de las injusticias de los españoles, se encargó de reunir a importantes personas que compartían sus ideales.

Cuando escuché el sonido de la campana, yo también sentí fuerte e intensamente una necesidad de rebelarme. En ese momento se encendió dentro de mi pecho una fuerza vencedora y también ganas de luchar. Quería pelear por un mundo más justo. Un mundo sin tanta desigualdad... En eso, escuché al presidente decir:

—¡Vivan los héroes que nos dieron patria! ¡Viva Hidalgo! ¡Viva Morelos! ¡Viva Josefa no sé cuánto…!— y detrás de sus palabras, todos en la plaza contestaban con un impresionante y poderoso: ¡Viva!

Aunque yo por dentro gritaba:

—Muera el señor Chucho. ¡Muera!

No podía sacarme la imagen de él aprovechándose de esta fiesta familiar y de orgullo nacional y, sobre todo, de los niños de la calle.

Al terminar la celebración de la Independencia y al despedirme de Lupita, le quise contar de nuevo acerca de nuestro "adorable" chofer:

—Lupita, lo que te quería decir justo antes del Grito es que vi al señor Chucho aquí en el Zócalo. Andaba con unos niños de la calle. Les hacía señas para dónde ir y creo que robaban a la gente. Porque luego los niños le daban dinero.

—¿El señor Chucho? ¿Le preguntaste por mi mochila roja con la pelota?

Y yo que pensaba que había puesto suficiente tono dramático y de preocupación en favor de esos niños y en contra del señor Chucho, tan sólo tuve que escuchar: "¿Le preguntaste por mi mochila roja con la pelota?". ¡Qué rabia! O ¡qué coraje!, como dicen aquí en México. En ese mero segundo, toda la admiración y atracción que había sentido hasta entonces por Lupita, esa niña linda, culta, patriota y excelente medio campista, se me desmoronó. Una vez que yo tenía algo interesante para contarle, ¡y de México y del Zócalo!, ella solamente se preocupó por su mochila roja.

7

LA NOTA

Ver a los niños de la calle en el Zócalo por un lado me alegró. Ellos también festejaban la gran fiesta de la Independencia. Ellos también dieron el Grito. Porque también son mexicanos. Eso es una linda realidad y es lo que quise pensar para consolarme: la noche del 15 de septiembre, en el Zócalo, no había diferencias. O al menos no aparentes para el pueblo ahí reunido. Pero yo sí que las noté, otra vez, como a través de la ventana del camión desde que llegué a esta ciudad. Estaban sucios, con frío, como esperando un semáforo rojo, una ventana baja, una mano extendida, una moneda, pero sobre todo, una mirada. La mía la tenían, aquella vez más que nunca, pero no la percibían. No me gusta verlos en la calle, cuando deberían ir a la escuela como yo. Siento que es una gran injusticia. Deseaba que eso cambiara. Especialmente porque, de alguna manera, ese deseo estaba a mi alcance, esos niños de la calle estaban bajo la dirección del señor Chucho, el chofer de mi camión. A él le entregaban dinero que conseguían entre la muchedumbre. Entre más lo pensaba más rabia me daba. Nada mejor para una persona malvada que aprovechar la distracción y diversión de tanta gente junta. Todo un abuso. Seguramente ganaron bastante dinero esa noche, dinero sucio, por supuesto. Pero no era culpa de los niños de la calle. Eso era culpa del señor Chucho.

Luego del día feriado, volvimos a clase. Ganas de ver al señor Chucho no tenía. Lo sorprendente era que tampoco tenía ganas de ver a Lupita. Nunca me había pasado. Estaba bastante desilusionado con ella. ¡Bueh!, desilusionado no sé si es la palabra. O no es la única, pero estaba molesto, muy molesto. Sea como sea, aunque ni el chofer ni la mejor compañera del camión fueran mis personajes favoritos, ese día yo tenía que volver a montarme al camión otra vez... como siempre.

—Buenos días, Boris. Te olvidas con frecuencia de saludarme.

—Buenos días, señor Chucho —respondí con el mayor de los desganos y sin siquiera mirarlo.

Nuestro chofer siempre insiste en saludar a todo el mundo. Habla poco, pero saludar, saluda a todos y a cada uno por su nombre. A mí eso se me hacía falso: hacerse pasar por muy educado y preocupado por los niños del bus. Todos le devuelven el saludo o hasta lo inician ellos mismos. «Si supieran mis compañeros del camión 17 la verdadera identidad de nuestro chofer; si yo les contara lo que vi», pensaba.

Desde mi asiento lo veía sentado conduciendo. Observaba su ancha espalda sudada y parte de su cara en el retrovisor. La calavera parecía protegerlo y vigilarme. No me acostumbraba a ese conjunto de huesos a la cabeza del camión, transmitiendo un terror innecesario. Siempre me sorprendió que la calavera nunca fuera tema de conversación en el bus con nadie. Ni en casa con

Mimí. ¡Ni que fuera invisible o estuviera escondida! Allí la calavera, con movimiento pendular sobrevolaba al señor Chucho cual aureola a un santo. Pero este hombre de santo ¡no tenía nada! Me gustaba imaginar que en un momento de distracción en el que él no pudiera verme desde el retrovisor, me lanzaría y lo tomaría por el cuello obligándolo a conducir hasta al primer *teccalli* donde lo entregaría a la policía. Estos *teccallis* estaban por varios lugares de la ciudad, justo en medio de las calles de doble sentido. Así que sería muy fácil dar con uno en el camino y más si le pedía a Esteban su ayuda, que es alto y fuerte. Además, como es un gran comete faltas, seguro que puede taclear y empujar al señor Chucho mejor que yo. Y así, por fin, su pésima costumbre en la cancha podría usarse para una causa justa y limpia. Y dejaría de molestar a Lupita.

Al sentarme en nuestro asiento, el de Lupita y el mío, lo que menos esperaba ese día era encontrar la mochila roja de Lupita debajo del asiento de adelante. Se suponía que estaría en el lugar de las cosas perdidas de la escuela y no donde siempre la pone Lupita... Pero ahí estaba, aunque no se veía exactamente igual. La mochila roja ya no era tan roja y no era tan abultada y menos redonda. Estaba sucia, arrugada, aplastada y tenía manchas de barro. No la quise tocar hasta que Lupita subiera en la próxima parada. Al fin y al cabo era de ella y me pareció buena idea que se llevara la misma sorpresa e impresión que yo. Pero Lupita no se subió. Ese día faltó a la escuela. Al ver que no había subido chequé mi celular:

> @Lupita: Boris, creo que el pozole me cayó mal. No voy a la escuela hoy. Si puedes, porfa, reclama mi mochila y la pelota por mí en Cosas Perdidas.

¡Otra vez! ¡Qué coraje! ¡De nuevo con lo mismo! ¡Todo lo que le importaba seguía siendo su mochila! Y yo que no había dejado de pensar en esos pobres niños en la noche del Grito.

No podía dejar de mirar hacia mis pies, debajo de la ventana, en el hueco de siempre, pero de diferente manera. Miré y se me hizo más evidente que dentro de la mochila ya no había una pelota, así que decidí comprobarlo. Aproveché que estaba solo en un asiento para dos, levanté la mochila y la apoyé del lado de la ventana para ocultarla lo máximo posible. Al abrirla vi la pelota totalmente desinflada y sin chances de ser arreglada. Tenía un corte de unos dos centímetros. La mochila estaba manchada por fuera de barro. Y como el barro se había secado había logrado mantener pegado un pedazo de papel en el que con una fibra gruesa se leía:

«Hola. Estaba buscando a mi mamá. Desde el grito que no la beo. No le abises al señor chucho te lo ruego por fabor. Perdon por el valon. Tan pronto pueda yo compro uno nuebo y te lo dejo aqui mismo».

Las faltas de ortografía hubieran preocupado demasiado a cualquier maestra. A mí me preocupó mucho la mención del señor Chucho y, más aún, que estableciera el espacio debajo del asiento de adelante, ese lugar de la mochila de Lupita que sólo ella y yo conocíamos, como punto de encuentro con un desconocido, que vengo a ser yo, Boris. Sí, esa persona y yo no nos conocíamos. Pero ya teníamos tres cosas en común: la mochila roja con el balón, el camión y el señor Chucho.

Ese personaje frente al volante que me crispaba la piel, era el único que se había quedado en el bus el 15 de septiembre. Se supone que cuando revisa el bus todo lo que queda lo debe entregar en el colegio a Cosas Perdidas. Siempre ha sido así, menos con mi lonchera y mi sudadera y ahora con la mochila de Lupita, las cuales claramente habían bajado del bus y vuelto a subir porque no estaban en las mismas condiciones que el día anterior. ¡Qué misterio!

Tenía que pensar bien. Hay algo que sabía con seguridad: una mochila no baja y sube sola de un camión. El barro es un elemento que nuestros zapatos, mochilas y pelotas desconocen porque nuestro patio es de puro cemento. Entonces la mochila no volvió al colegio. Más, ¡tenía que pensar más! Cualquier niño de nuestra escuela hubiera escrito "por favor", "veo", "avises", "balón" y "nuevo" bien, o casi todas bien. Entonces, ¿quién había tomado la mochila? ¿Y por qué me pedía que no le dijera nada al señor Chucho? ¿Sería alguno de los niños que estaban con él en el Zócalo? El último día que yo vi la mochila fue el 15 de septiembre. El último día que el niño de la nota dice que vio a su mamá, también. ¿Por qué estaba rota la pelota? ¿A dónde va el bus luego de que nos reparte por la tarde? ¿Cómo llegó ese niño a subir a uno de los camiones de nuestra escuela? ¿Qué tiene que ver el conductor del camión en la vida de este niño y en la desaparición de su madre?

Guardé la nota en mi bolsillo y volví a poner la mochila oculta bajo el asiento de adelante. Y traté de seguir con mi día como si fuera un día de escuela normal. Pero no lo fue, ni siquiera jugué el partido de El Desafío que me correspondía. Pedí ser suplente porque tenía la cabeza en otra parte y por suerte no me necesitaron. Me pasé el día entero de clase haciendome de nuevo esas preguntas que aún no tenían respuesta. Por eso empecé a hacerme preguntas que sí podría contestarme: ¿Qué le diré a Lupita sobre su mochila y su pelota? ¿La bajo conmigo y me la llevo a mi casa? ¿Le cuento de la nota? ¿Qué hago?

Al subir al camión de regreso a casa ya había tomado una decisión: bajaría conmigo la mochila de Lupita con la pelota desinflada, la mochila roja entraba en mi mochila y nadie la vería. Y también, y todavía más importante, decidí responder a la nota. Quien la haya escrito, piensa volver; al menos cuando pueda comprar un balón nuevo... Pero eso es lo que menos me importaba de verdad. Se lo dije en mi nota y esperaba que me respondiera. De las jardineras decorativas en la entrada de la escuela, saqué una piedra del tamaño de un puño. Debajo del asiento, en el mismo hueco, dejé una hoja carta doblada en cuatro y le puse la piedra encima para que no se volara ni se viera. Decía:

«Gracias por tu nota. ¿Quién eres? ¿Cómo te llamas?»

Esa noche me costó dormirme pensando si recibiría respuesta. Imaginaba que era uno de los niños del Zócalo atemorizado por el señor Chucho. Pero si era uno de esos niños del Zócalo, ¿qué hacía en el camión 17? A la mañana siguiente sonó el despertador y mis ganas de subir al bus eran inusuales. La expectativa y ansiedad por ver si habría respuesta me quitaron las ganas de desayunar y salí más temprano que de costumbre hacia la parada.

—¡Pues cuál es al apuro, tío! —se quejó Mimí de inmediato al verme tan despierto y entusiasta.

Estaba sorprendida. Y con razón porque yo no soy precisamente lo que en inglés le dicen un *early bird*, algo así como ser alondra que le gusta amanecer temprano. Más bien soy búho. Es que por las noches es cuando puedo chatear un poco con Luciano y Aldana. Papá nos había dicho que a los amigos de Buenos Aires no los perderíamos. Para eso hay que dedicarle tiempo a la amistad virtual. Pero entre la escuela, las tareas, los partidos de fut de la tarde y con las dos horas, o tres según la época del año, que hay de diferencia entre México y Buenos Aires, la noche era el momento más tranquilo y seguro de encontrarnos los tres en línea. Bueno, en realidad, los dos. Con Aldana ya no hablaba tanto. Es que con ella no hablaba de Lupita, con Luciano, sí.

El bus 17 se hizo esperar lo habitual, pero a mí me pareció mucho más que de costumbre. La ansiedad por ver si debajo del asiento me estaría esperando una respuesta, se convirtió en un nerviosísimo intenso al leerla. Levanté la hoja carta que había dejado el día anterior y sin abrirla, me di cuenta que alguien ya la había abierto porque no estaba doblada igual y tenía marcas negras y hundidas como de dedos mojados. Me temblaba el pulso mientras abría la carta y empezaba a ver que la otra letra, muy diferente a la mía, le seguía a mi nota de ayer:

«¿Por que quieres saver mi nombre?
Juntare dinero para una nueba

pelota. Lo prometo. Dame tiempo asta
el 2 de noviembre porfa. Te lo ruego.
Antes no puedo».

Nuevamente había faltas de ortografía y temor
en la nota. Fue ese temor que me transmitió lo
que más me motivó a seguir escribiéndole a
esa persona. Si era uno de los niños del Zócalo
seguramente estaba siendo forzado a trabajar o
robar y quizá yo podía ayudarlo. Pero algo debería resolver antes. Lupita estaba por subir en
la próxima parada.

O no...

Lupita volvió a faltar a la escuela ese día. Creo
que me alegré un poco. Un día más que no tenía
que contarle lo de su mochila. Yo la había bajado
a mi casa y así, tal cual, sucia como estaba, la
escondí debajo de mi cama. Pero eso no fue lo
único que oculté. Para cuando Lupita regresó a
clase, luego de dos días de ausencia, me comentó
que en Cosas Perdidas aún no aparecía su mochila, pero yo me hice el que no escuchaba. Ella
no me había prestado atención el día del Grito
y además yo estaba más preocupado por lograr
escribir y recibir más notas debajo del asiento.
Lo hacía con el mayor disimulo posible. Y nota

va, nota viene, comenzó a surgir una correspondencia bastante fluida con ese niño desconocido, pero ahora cercano. Los viajes en camión eran más interesantes por las notas que por lo que Lupita contara de México.

Cada día yo estaba más pendiente de los recados y de descubrir quién me los enviaba, dónde vivía, qué tenía que ver con el señor Chucho y si había encontrado a su madre... Cada papel que yo escribía, lo ocultaba perfectamente en el hueco antes que subiera Lupita, y esperaba una respuesta al día siguiente. Al recibirla me la guardaba. Al cabo de unos días había entablado un diálogo de notas breves. Decidí compartirlo con Luciano. Él era mi amigo y quería ser periodista, y me podría ayudar a develar el misterio.

Le transcribí a Luciano todas las notas por chat. Pero no quise ponerle las faltas de ortografía porque, además de que me daba pena por quien las escribía, distraería la atención de Luciano como periodista.

«No te preocupes por el balón. Más importante es tu madre. Si quieres no me digas tu nombre. ¿Eres niño o niña? ¿Cuántos años tienes?

Soy niño. ¿Y tu?

También. Yo tengo 13 años. ¿Y tú?

Acabo de cumplir 14. Justo el día de la Independencia.

Hola. ¿Eres mexicano?

Si, y mas con ese cumpleaños, ¿verdad?»

Esa respuesta me gustó. Me demostró que el niño de las notas tenía sentido del humor. Pero demasiado pronto y lamentablemente, comprobé que ese buen humor se le podía esfumar con una sola pregunta.

«¿Dónde vives?

Ya te dije que en cuanto pueda te debuelvo otra pelota en buen estado. Adios.

No te preguntaba por eso. Quisiera ayudarte a encontrar a tu madre. ¿De dónde conoces al señor Chucho? Cuéntame, por favor. Quiero ayudarte. La pelota no importa. No es mía y además ya ese tema está solucionado».

¿Solucionado? Yo sabía que ocultar la mochila roja debajo de mi cama no era una solución, pero ¿qué iba a decirle? Eso era un tema entre Lupita y yo. Me encontraba demasiado intrigado e ilusionado con el carteo del niño desconocido y en apuros que, por obra de no sé qué, cuando yo no estaba en el bus, se sentaba en mi asiento. Pero nunca recibí respuesta a mi última nota. ¡Justo la más importante!, la que le preguntaba por su mamá y el chofer de mi camión.

8

La denuncia

De ignorar y evitar desde siempre al señor Chucho, pasé a acercarme y animarme a preguntarle ciertas cosas que para mí eran claves si quería resolver el misterio del niño de la nota y de la mochila roja. Esa mañana junté toda la valentía en mí y me quedé sentado hasta que todos bajaran del camión y le pregunté:

—Señor Chucho, ¿a dónde lleva usted el bus cuando termina de repartir a todos los alumnos?

—Al estacionamiento de camiones. ¿Dónde más? Pero…, ¿por qué preguntas, chamaco?

—Pensé que hacía otro recorrido.

—¿Otro recorrido? No. Directo al estacionamiento de camiones. Allí lo dejo hasta la mañana siguiente que lo busco.

—¿Y mientras estamos en clases?

—¡Niño! ¿Desde cuándo te has vuelto tan platicador, curioso y latoso? ¡Ya basta de preguntas, vas a llegar tarde. Bájate ya que debo estacionar el autobús aquí dentro. Y aquí se queda, hasta las 2:55 que ustedes se vuelven a subir. Vete ya y que tengas un buen día.

Hablar con el Señor Chucho no me aportó nada nuevo. Yo sabía de hecho, y con pruebas, que el niño de las notas subía al bus. Sabía que conocía al señor Chucho. Lo tenía por escrito. Y a Luciano de testigo. El nombre del chofer del camión 17 lo escribió clarito y sin la menor falta de ortografía en la primera nota. ¿Entonces en qué momento ese niño subía a nuestro bus?, ¿cuándo escribía sus notas? El camión parecía no quedarse solo desde aproximadamente las 5 de la tarde a las 6 de la mañana. Aun si estuviera estacionado, alguien se subía, al menos el niño que me escribía notas.

Acabábamos de salir de la escuela de regreso a casa y, aprovechando un semáforo en rojo, se paró en frente de todo el camión y anunció:

—Niños, ha sido un privilegio grande conducirlos a la escuela a aprender cada día. A partir de mañana yo ya no seré su chofer.

—¡¿Pero por qué?! —se apresuró a interrogar Mimí.

—Me han suspendido. Parece que en este camión desapareció una mochila roja con una pelota de fut que, como no aparece en Cosas Perdidas, piensan que yo me las llevé. Pero, niños, quiero que sepan que yo nunca, pero nunca me he llevado ni jamás me llevaría algo que no es mío. Ustedes siempre olvidan cosas. Pero quedan en el camión hasta el otro día que las devuelvo al colegio. Si yo hubiera visto esa mochila en el camión, la hubiera devuelto a la escuela. Les deseo buen camino a donde vayan y aprovechen mucho la escuela. Quizás ustedes no se dan cuenta, pero son unos bendecidos.

Se volvió a sentar y fijó su mirada en el asfalto. Desde el retrovisor pude ver que sus ojos se humedecían. Desconocí al señor Chucho en ese momento. Parecía otro. Incluso su voz de cigarro parecía más suave. Quizá porque estaba entrecortada. Estaba emocionado. Y hasta triste. Y yo, más confundido que nunca: ¿por qué aquel personaje que me atormentaba me inspiraba pena y una enorme culpa? No tenía palabras, pero sí mil pensamientos y sentimientos mezclados y contradictorios.

El silencio en el bus duró poco. Los niños escucharon al señor Chucho con la necesaria atención y el respeto merecido, pero luego empezaron las pláticas y gritos de siempre. Excepto en el asiento de Lupita y mío. Allí el silencio se instaló. Yo miraba por la ventana tratando de calmar un volcán de emociones que me conflictuaba demasiado. Sentí una gran vergüenza por tener la mochila conmigo y una gran tristeza por el señor Chucho. ¿Se quedaría sin trabajo por mi culpa? Aunque no sea mi persona favorita, eso no me lo esperaba. En ese momento no podía decir nada, no sabía qué decir y seguía mirando fijo por la ventana. Lupita miraba en la misma dirección, pero a mí. Esta vez ¡sí que me miraba a mí! Y muy fijo. Yo sólo volteé cuando escuché:

—Boris, yo fui a reclamar mi mochila a Cosas Perdidas y, como no aparecía, también reporté el incidente a la Dirección. Me dijeron que volverían a hablar con el chofer del bus 17. Yo pensé que era para preguntarle si él la había encontrado, visto o devuelto. Yo también estoy sorprendida y, a decir verdad, siento mucha pena en este momento.

Si Lupita sentía vergüenza, ¡qué me quedaría a mí! Me ahogaba una culpa inmensa y, además del aplastante sentimiento, escuché a Lupita decir:

»Quizá de verdad fue el señor Chucho, ¿no crees? Tú mismo me contaste que lo viste en una situación muy pero muy sospechosa en el Zócalo.

Mi corazón se frenó de un solo latido que alcanzó para sobresaltarme y lanzar una pregunta tan rápida y puntual como un misil:

—¿¡Tú contaste eso en la escuela, Lupita!?

—No. Claro que no. Lo acabo de recordar.

—Lupita, yo pensé que ni me habías prestado atención cuando te lo conté. Y no sabes el coraje que me dio que luego sólo preguntaste por tu mochila.

—¿Qué era exactamente lo que habías visto, Boris? Algo así como que el señor Chucho se aprovechaba de los niños de la calle ¿verdad? Que los hacía trabajar vendiendo cosas.

Mi cara de sorpresa fue evidente, sentía una agobiante culpa, también tuve que sentir otra acusación por parte de Lupita:

»Sí te escucho, Boris, siempre lo hago. Creo que a veces juzgas demasiado rápido a las personas. Comprende que después de dos días de no ir a la escuela el asunto se me olvidó, y lo más importante para mí ahora es rescatar mi mochila.

El desagradable sentimiento de culpa hizo que de inmediato le dijera:

—Lupita, tu mochila la tengo yo.

—¿Qué dices? ¡En serio! ¿Pero cómo no me lo dijiste antes?

—Discúlpame Lupita. De verdad, nunca pensé que en estos días levantarías un reporte tan formal. El primer día que faltaste apareció la mochila en nuestro hueco de siempre, pero sucia, y con la pelota desinflada y una nota.

—¿Una nota?

—Sí, luego te cuento bien. Pero debemos hacer algo de inmediato, Lupita.

Le toqué el hombro a Mimí en el asiento de adelante. Volteó sacándose los audífonos.

—Mimí, ¿en tu laptop tienes el rastreador de mi celular, verdad?

—Sí.

—¿Del nuevo número de México?

—Sí. Claro. El día que papá nos compró los celulares mexicanos ingresé todos los datos. ¿Por qué? ¿Lo perdiste?

—No—. Y se lo muestro.

—Entonces la compu me va a decir que lo tienes en tu mano —dijo burlona. Se volvió a poner los audífonos y se acomodó de nuevo en su asiento.

De inmediato puse mi celular en silencio y le dije a Lupita que me ayudara a empujar mi celular entre el respaldo y el asiento de mi butaca. Abrí la ventana de nuestro asiento, tomé mi borrador de lápiz y lo coloqué en el riel. Por último, emparejé la ventana como si estuviera cerrada.

—¿Qué haces, Boris?

—Lupita, tu mochila no la robó el señor Chucho. Antes de que deje de trabajar como chofer del autobús 17 debo saber a dónde lleva este camión cuando termina su recorrido. Creo que hay un niño que puede estar en problemas. Sólo te pido que vengas esta tarde a casa, ¿vale? Y allí te explico bien todo.

En casa, cuando llegó Lupita, con la excusa de que teníamos tarea y debíamos concentrarnos, cerramos la puerta de mi recámara. Afuera quedó Mimí viendo la televisión. Lupita entendió enseguida la mezcla de sentimientos que tenía esa tarde, pero no entendía por qué estaba tan empecinado y enojado con nuestro chofer. Pensaba que el asunto de la lonchera y sudadera era lo que me movía para odiarlo, y que me lo había tomado personal. Ahora bien, Lupita insistió en que, como el señor Chucho no era el culpable de la desaparición de su mochila, el hecho de quedarse sin trabajo por esa razón sí era algo que debía tomar como personal. Y resolver de inmediato.

—Pero ¿y si el señor Chucho está haciendo algo inapropiado con niños de la calle? ¿Y, si realmente los hace robar? ¡Yo los vi ese día en el Zócalo! Y además el niño de la nota lo nombra clarito. Mira esto de nuevo, Lupita—. Y le entregué la hoja con las notas que nos habíamos escrito el niño desconocido de nuestro camión, y yo.

—Sí, Boris. Te entiendo y quiero ayudarte. Todo es muy confuso.

Escuchar a Lupita decir eso me devolvió el alma al cuerpo. Porque me regresó la fe en nuestra amistad.

—¿Pero, Boris, por qué piensas que el señor Chucho tiene que ver con la desaparición de la mamá de ese niño?

—Lupita, yo ya no sé qué pensar. Y prefiero no acusar al señor Chucho de nada más hasta no tener pruebas. Pero en Buenos Aires conocí a un hombre malo, malísimo que le llamaban Tío Patito y que, ¡bueh!, mejor ni te cuento a detalle, pero se trataba de una muy mala persona que robaba niños. Ahora no me hagas caso. En este momento no quiero mirar al pasado. Quiero mirar hacia adelante y te pido que me ayudes a ver cómo le hacemos con el señor Chucho y este misterioso niño de la nota.

En ese momento escuchamos golpear la puerta y, por mi evidente sentimiento de culpa, salté como si viniera la policía y de un brinco y un grito pregunté:

—¿Quién está ahí?

—¡Epa! ¡Tranquilo por ahí adentro! Aquí afuera, tan sólo una chava que está hecha de los mismos ingredientes que tú, pero que dejaste fuera cual desecho.

Abrí la puerta lo suficiente como para asomarme y decirle a Mimí:

—¿Qué quieres tú?

—¡Venga! ¿Será que me dejarás pasar ya? —contestó ya dentro de mi recámara.

—Pues ya lo hiciste. ¡Salte, Mimí, en este instante, que estamos estudiando!

—Sí. Claro. Y yo nací ayer, Boris. Ustedes hoy tienen tanto de estudiosos como yo de tonta.

Y dando unos pasos al centro de mi recámara anunció:

—Tu celular, Boris, esta tarde, luego de nuestra parada ha seguido por Paseo de la Reforma, doblando por Insurgentes Norte hasta Ricardo Flores Magón y... ¡bah! Creo que lo que más importa saber es que hace una hora está sin moverse muy cerca del metro Tlatelolco.

Al terminar su anuncio, levantó la vista y vio la mochila roja y lo que quedaba del balón de

Lupita. Sus ojos se abrieron más y su boca no se cerró:

—¡¿Y eso?! ¿No dijo el señor Chucho hoy que dejaba de trabajar porque lo acusaron por no entregar esa mochila? ¿Qué hace todo eso aquí? ¿Por qué no dijeron nada hoy en el camión? ¿Tú tenías aquí en casa esa mochila, Boris?

—Sí —dije con suma vergüenza—. Pero puedo explicártelo.

—Sí, podemos explicarlo, Mimí. Fue un mal entendido entre Boris y yo.

Escuchar a Lupita hablar en plural y asumir una responsabilidad que no le correspondía, aceleró mi corazón y renovó mi admiración hacia ella. La miré y me sonrió apenas para disimular frente a Mimí. Yo no podía decirle nada. Y menos en ese momento que la vi más linda que nunca.

—Pues como sea. El mal entendido entre vosotros ya lo arreglarán, pero tendrán que avisar en el colegio. ¡Ese pobre hombre ha sido suspendido! Y de seguro necesita su trabajo.

El acento español en la voz femenina de Mimí, me hizo sentir que la que me regañaba era Sonsoles, mi propia madre. No me gustó la sensación, pero supe que ellas, Lupita, Mimí y... ¿mi mamá?, tenían mucha razón. Y no había tiempo que perder para remediar lo sucedido.

9

EL ESTACIONAMIENTO
DE CAMIONES

Para llegar a donde indicaba el sistema de
rastreo de mi celular necesitamos tomar el metro, algo que puso un tanto nerviosa a Lupita
porque ella había usado el metro muy pocas
veces y siempre con un adulto. En cambio, para
mí fue como volver al pasado y a lo conocido.
Subirme y bajarme de vagones por túneles sub-
terráneos fue moneda corriente en Buenos Aires.
Igualmente, confieso que ver los túneles me trajo
ciertos recuerdos que prefiero olvidar. Y también
evitárselos a papá, como nos advirtió desde el

primer día cuando nos explicó que deberíamos tomar el camión aquí en la CDMX.

—Mimí, ¿de veras que no le dijiste nada a papá de todo esto?

—Una vez más que me lo preguntes y sí que se lo cuento, Boris. Relájate ya. Es jueves y hoy se queda a jugar fútbol con sus compañeros de la oficina. Vuelve tarde. ¿Por qué mejor no le preguntas a Lupita qué dijo en su casa?

— Ya me lo preguntó, Mimí. Y para tu información mis padres ya sabían que teníamos tarea y nos reuníamos en casa de Boris.

— "Tarea" —dijo Mimí con sus manos en alto y haciendo movimiento de comillas.

Cualquiera que las escuchara pensaría que estas dos niñas querían discutir. Pero yo las conozco y así son. Era el típico diálogo entre dos "sabelotodo". Y lo que yo también sabía es que ambas me querían. Y querían ayudar, a mí y al señor Chucho.

Pusimos manos a la obra y nos dirigimos al lugar que la compu de Mimí indicaba. Apenas salimos del metro Tlatelolco, vimos andando por la calle en dirección sur un par de camiones amarillos vacíos, uno detrás del otro. No llevaban prisa ni pasajeros. Los seguimos con nuestra mirada un par de cuadras hasta que a la distancia alcanzamos a verlos doblar para entrar por una puerta doble de metal verde.

Nos acercamos, y media cuadra antes de llegar al portón, vimos a dos hombres salir caminando por donde entraron los camiones. Seguramente eran los choferes. Sigilosamente nos aproximamos todavía más, y pudimos ver muchos camiones amarillos estacionados en ese lugar. La computadora de Mimí marcaba que estabamos muy cerca del objetivo. Al asomarnos por el portón nos pareció ver nuestro bus y no dudamos ni por un segundo en entrar para asegurarnos y recuperar mi celular. Recorrimos un poco el terreno de tierra. No había nada más que camiones apagados, aunque algunos, si los tocabas, todavía estaban tibios. Pero todos estaban llenos de silencio. La jornada escolar había acabado y ese lugar sonaba a *tarea-cumplida-mañana-será-otro-día*.

—Bueno, ya lo ves, hermano. Aquí estamos. No sé si requieras más de los servicios de la compu de tu hermana, pero, sin otro particular, creo que ya la puedo ir cerrando y vamos regresando, ¿no?

—Sí, Boris. Aquí está lleno de camiones vacíos. Y allí está el nuestro. El señor Chucho tiene razón, pues, Boris: el bus 17 vuelve aquí como te lo dijo y no hace ningún otro recorrido. Entonces ya, busquemos tu celular y regresemos, que empezará a anochecer pronto. Y mañana en la escuela llevamos la mochila y decimos que fue un mal entendido entre nosotros dos y pedimos que regrese el señor Chucho a su trabajo. ¡Y ya!, ¿no crees?

Tanto Lupita como Mimí se mostraban muy resueltas. Yo, en silencio. Seguro que ellas pensaban que las estaba escuchando con toda atención e intención de hacer lo que dijeron. Por supuesto que iría por mi celular debajo del asiento, pero estas dos niñas se olvidaban de lo más importante: la nota. Y más que la nota, quien la escribió. Creyeron que me quedaría tranquilo con sólo ver el camión donde debía estar. Para Lupita y para Mimí, lo de la mochila roja y la pelota se limitaba a lo que pasó dentro del camión. Para mí, no. Lo más importante era lo que había sucedido fuera del camión. Yo seguía pensando en esos niños en situación de calle del Zócalo y de la ciudad de México en general que veo a diario desde la ventana del camión. Especialmente pensaba en el niño de la nota.

—Ok, niñas. Quédense ustedes aquí cerca de la puerta, pero ocúltense por las dudas. Mejor que nadie nos vea. Yo voy hasta el camión a buscar mi celular y vuelvo a este mismo lugar enseguida.

Caminé entre algunos buses hasta dar con el camión 17. Al acercarme vi que de la ventana de mi asiento aún asomaba el borrador que había colocado para poder abrir la ventana y entrar al bus. Apoyando mi pie en la llanta y con el envión fue suficiente, pues alcancé a elevarme hasta la ventana para ver, desde ahí, que la puerta del camión estaba abierta, aunque el camión estaba completamente vacío. Bueno, estaba la calavera colorida colgando del retrovisor. Creo que fue la primera vez que me alegró verla. No había pierde: efectivamente estaba en mi camión 17. Me dejé caer al piso y caminé con cuidado alrededor del camión para subir directo por la puerta y así ir más rápido por mi celular.

El camión estaba frío y la calavera, quieta. Todo parecía una fotografía. Caminé directo a mi asiento. Me agaché y lo primero que hice fue revisar el agujero debajo de la ventana. Lo vi vacío y sentí lo mismo dentro de mí. En ese momento me di cuenta de la importancia que tenía para mí el niño de la nota, y sus notas, y poderlo ayudar. En lo que, de rodillas, sacaba mi celular entre el asiento y el respaldo, escuché un ruido muy familiar pero inesperado que me asustó. Era el ruido de siempre, el mismo que escucho todas las mañanas luego de subirme en nuestra parada. ¡La puerta del camión 17 se cerró!

Se cierra desde adentro, pero yo no la cerré. Sentí vibrar el motor del camión a la vez que también vibró el celular en mi mano.

@Lupita te ha enviado un mensaje.
@Mimí te ha enviado un mensaje.
@Lupita te ha enviado un mensaje.
@Mimí te ha enviado un mensaje.

Mi celular no paraba de vibrar y recibir mensajes. Arrancó el camión. Se detuvo por completo mi corazón. Para cuando leí «Boris, ¡salte del bus YA!» era tarde. El bus se movía conmigo adentro. Me asomé para ver quién conducía.

El señor Chucho estaba al volante. Éramos el mismo chofer, el mismo camión y yo: el mismo pasajero, pero escondido en el piso por el terror paralizante que sentía en ese momento. Y eso que más de una vez en este bus maldije y temí al señor Chucho; pero ¿cómo apareció el señor Chucho en ese momento? ¿Y a dónde íbamos? Volví a mirar mi celular. Ya no sé si vibraba por los mensajes o por mi pulso:

@Lupita: Apenas subiste al camión, apareció el señor Chucho. Cerró las puertas del estacionamiento y se subió al camión. Yo creo que nos vio. Bájate, Boris.

¡Como si fuera tan fácil con la puerta cerrada y el camión en movimiento! Nos estabamos moviendo hacia el portón verde. « El señor Chucho es un mentiroso. ¡Yo lo sabía! No me equivoqué. Se está llevando el camión a otro lugar. No es cierto que el 17 duerme aquí hasta la mañana siguiente». Pensaba molesto y con miedo.

Mi celular no paraba de vibrar

@Lupita: Boris, bájate, porfa. El camión va de salida. Quién sabe adónde. Donde sea, tú no vayas. Bájate como puedas,

Boris, pero bájate ya, antes de que salga
por esas puertas verdes.
@Mimí: Hermano, es peligroso, bájate.
Creo que tenías razón: el señor Chucho
es de temer.

Decidí contestarles sólo para terminar más
preocupado aún:

@Boris: No sé adónde va este bus. Lo que
sí sé es que me estoy quedando sin batería. Pero por favor no dejen de rastrear mi
celular hasta que muera.
@Lupita: ¿Qué dices, Boris? No morirás.
@Boris: Me refiero a la batería del celular.

El señor Chucho sorteó otros camiones para
llegar al portón verde. Frenó. Yo ya tenía todo
pensando: cuando se bajara a abrir el portón del
estacionamiento, saldría por la ventana y huiría.
Esa sería mi oportunidad, mi única oportunidad. No importaba que me viera.

El bus nunca atravesó el portón verde. Y el
señor Chucho nunca dejó su asiento. Más bien
siguió maniobrando como para pasar entre
tantos camiones, hasta el fondo del estacionamiento y estacionarse bien pegado en paralelo
contra la pared que delimitaba con algún otro

terreno. Tan pegado lo estacionó que no quedaba espacio para escaparme por ninguna ventana de ese lado. ¿Me habría visto en mi asiento de siempre y quería atraparme? Con ese lado del camión totalmente contra la pared, si yo quería salir, debía cruzarme al otro lado y usar las otras ventanas o la misma puerta. Para ello el señor Chucho debía irse, pero por un largo rato no se movió del asiento del conductor. A su lado había acomodado un bolso negro muy grande.

Deseaba ser contorsionista y entrar en el hueco de la mochila y de la nota para esconderme bien. Más bien, deseaba ser ilusionista y hacerme desaparecer por completo. Sentí terror y desesperación. «¡Algo se me tiene que ocurrir para poder salir! ¿O mejor me paro y le digo la verdad? Es que no confío en el señor Chucho», pensé. De repente: ¡Pum, pam, pum, pam! Sobre el techo del camión «¡¿Qué es eso?!» ¡Pum, pam, pum, pam! Como si bombardearan el camión. O lanzaran piedras sobre el techo. Más bien rocas y bastante grandes.

Me llevó un tiempo entender que lo que caían sobre el techo del camión eran pasos, o sea pies. ¡Sí, pies humanos que daban pasos!

Pero "solamente yo" los escuché aterrado desde adentro del camión 17. Digo "solamente yo" porque el señor Chucho ni se inmutó, aunque era imposible no escuchar esos ruidos en el techo desde dentro del bus. Él siguió sentado y sacando cosas de su gran bolso negro. No sabía qué sacaba. Ni me ocupé en mirar. Más bien yo estaba preocupado por sacarme a mí mismo de ahí dentro. Pero sería más difícil con gente afuera del camión, digo, sobre el camión. Los pasos no eran de una sola persona. Eran varios pasos a la vez. Cada vez más, de distinta intensidad, se iban sumando sobre el techo. Cada par de pasos comenzaba con una pisada doble y fuerte primero y luego se desplazaban a lo largo del techo y se silenciaba.

Al cabo de unos cuantos pasos, y recién cuando el techo finalmente quedó mudo, escuché la puerta del bus abrirse nuevamente. En ese instante, el techo del camión tembló y estalló de pasos porque todos se pusieron de pie al mismo tiempo. Y en apenas un segundo más, desde arriba del camión, llovieron no sólo pies, sino piernas completas que saltaban desde el techo del camión hasta el piso del estacionamiento. Así aterrizaron unas nueve caras sucias de ropas tristes que comenzaron a subir al camión 17.

Ya no tendría escapatoria. Estaría rodeado y, en tan sólo un segundo más, acompañado: a mi asiento llegó a sentarse un niño. Se asustó mucho al verme, pero yo le hice la famosa señal del silencio con el dedo. Y la respetó. Se sentó. Estaba notablemente incómodo. Yo también. Me miraba con gran extrañeza y desconfianza. No lo culpaba por eso. Por suerte noté que sus ojos se enfocaron en el hueco de la mochila roja. De inmediato lo miré y le hice una media sonrisa. Fue lo que me salió entre el estupor, la sorpresa y el temor. Pero fue suficiente para que no quedara duda de que, finalmente, estábamos en nuestro asiento y cara a cara el niño de la nota y yo.

10

Axolotl

Sentado en el piso del camión, confundido y escondido, me costaba trabajo respirar normalmente. Yo mismo escuchaba mis latidos y el aire que entraba y salía por mi nariz. Me pregunté si también los escucharía el niño de la nota. Me sentía minúsculo e insignificante. Dependía completamente de la reacción de aquel niño, que, aunque asustado y confundido como yo, en ese momento, era quien tenía más poder de los dos en el asiento, aunque fuera mi propio asiento del camión que todos los días me lleva a la escuela… El niño me hizo caso y me ignoró. Pero en cualquier momento eso podía cambiar porque podía acusarme y avisar al señor Chucho que ahí, en ese momento y en ese asiento, estaba yo también.

El niño de la nota era menudo, parecía mucho más chico de lo que su cara revelaba. Sus ojos eran de un negro tan profundo que no dejaba distinguir la pupila del iris, pero tenían brillo y viveza. Todo lo contrario a su pelo, que, aunque también era profundamente negro, se veía opaco y enredado. Sus manos, ásperas y trabajadoras, no estaban limpias. De hecho, el niño de la nota no olía muy bien. Tampoco muy mal, pero olía a cansancio y agobio. Estaba descalzo, como algunos otros pies que yo veía colgando de los asientos desde mi escondite en el piso. Claramente al bus habían llegado unos niños de la calle y el señor Chucho los estaba esperando.

—Niños, buenas tardes. Creo que ya estamos todos. Aunque, siempre recuerden, que si hay más niños interesados son bienvenidos. Cuánto más niños, mejor. Aquí en el bolso tengo conmigo lo recaudado el día del Grito. Muchas gracias, niños. Estoy muy orgulloso de ustedes, chamacos, ha sido un éxito.

¡Zas! ¡Entonces era cierto! ¡Lo sabía! El día del Grito esos niños sí que trabajaron para el señor Chucho. Mis oídos confirmaban lo que mis ojos vieron en el Zócalo. Se me ocurrió que lo que estaba a punto de escuchar también deberían saberlo Lupita y Mimí. Tomé mi celular con decisión y poco disimulo.

@Boris: Lupita, toma mi llamada y escuchen en silencio. No hagan ni el menor ruido. Pero intenten escuchar.
@Lupita: Ya vimos a los niños. ¿Qué pasa ahí adentro? Mimí quiere llamar a la policía.
@Boris: ¡No, que no llame a nadie! Todavía no, pero, si puede, que grabe la llamada para tener pruebas contra el señor Chucho.

Sentía fuerte sobre mí la mirada del niño de la nota. Sus ojos fijos en mi celular, por suerte, duraron sólo un instante porque de repente algo le llamó la atención aún más: lo que les mostraba el Señor Chucho parado al frente del camión.

»Miren, chamacos, lo que con esfuerzo se trabaja, con éxito se cosecha. Con todo lo recaudado, y como acordé con sus madres, esta vez el dinero ha sido para comprarles una sudadera y un par de guaraches a cada uno. Pronto comenzará a refrescar y ya no quiero a nadie más descalzo en este bus. Si vienen aquí es para progresar y aprender, ¿me explico? Aunque sea de a poquito, pero con mucha perseverancia y sentido del trabajo yo sé que todos ustedes saldrán adelante. Ya traigo los recuerdos que venderemos el Día de Muertos. Ya sé que falta más de un mes, pero quiero asegurarme de que los tengan desde hoy. A partir de mañana no estaré manejando ya este bus. No sé por cuánto tiempo. Pero si es necesario nos juntaremos en el terreno baldío de al lado para seguir con nuestras clases. Porque siempre contarán conmigo, mis chamacos. Ustedes ya saben que yo de niño estuve en sus zapatos, bueno, mejor dicho sin ellos, yo también anduve descalzo. De eso y de ustedes nunca me olvidaré.

¿Que qué? ¿Que el señor Chucho fue un niño de la calle?

No podía creer lo que escuché. Y no era el único. Mi cel seguía vibrando:

@Lupita: ¡No manches! ¿El señor Chucho
fue un niño de la calle?
@Mimí: ¡No inventes! ¿El señor Chucho
repartiendo ropa a esos niños?

Pero no quise distraerme con los mensajes. El
niño de la nota me volvía a mirar feo. Se ponía
nervioso y lo comprendí. Por suerte, la voz del
señor Chucho se impone. Pero no como cuando nos conduce y nos apura a subir o bajar del
camión. Esa vez su voz entretenía.

»Como les decía, niños, quiero adelantarme
con el Día de Muertos para que ustedes sigan
aprendiendo más sobre las maravillosas costumbres y tradiciones de nuestro país y puedan
disfrutarlas también. Es necesario, como siempre, que ustedes aprovechen a vender recuerdos en fechas y lugares claves donde se junta
mucha gente. Este 2 de noviembre los llevaré
a los canales de Xochimilco. Como ya saben la
noche del Día de Muertos es una fiesta viva y
allí estaremos nosotros, chamacos, nuevamente,
pero esta vez no venderemos calacas ni calaveras coloridas. Aunque salieron padrísimas el
año pasado, ¿verdad?, aquí aún cuelga la mía

del espejo retrovisor. Este año venderemos de recuerdo unos ajolotes como éstos que traigo en el bolso. Miren. Luego se los reparto, pero para poder vender mejor nosotros mismo debemos informarnos y aprender sobre los ajolotes de Xochimilco. ¿Alguien sabe lo que es un ajolote? ¿Alguien alguna vez vio uno?

El bus entero, en completo silencio. Si yo no hubiera estado escondido, habría levantado mi mano: «¡Yo sí sé lo que es un ajolote! Lo vi con mis propios ojos apenas llegué a esta ciudad». Nunca había visto un animal tan fascinante en toda mi vida. Pero aún más fascinante e interesante fue todo lo que el señor Chucho contó. Sabía mucho más que el mismísimo guía del zoológico de Chapultepec. Su voz seguía siendo ronca y áspera, pero tenía algo distinto que cautivó con sus relatos a todo el bus. Los niños estaban casi tan quietos y atentos en sus asientos como yo, y eso que ellos no estaban escondidos ni en peligro de ser descubiertos.

Si nunca habías visto un ajolote, te puedo asegurar que la descripción del señor Chucho era mejor que haberlo visto con tus propios ojos. La precisión de su descripción no dejaba lugar para la imaginación, lo cual fue muy bueno para cuando habló de la apariencia, hábitat, costumbres y alimentación del famoso "monstruo de agua". Lo que fue difícil de entender sin haberlo visto era lo del *axolotl* albino. Es que eso de que su cuerpo sea casi transparente y se le vean sus órganos es, de verdad, impactante. Yo lo sé porque desde que lo vi jamás lo olvidé. Desde entonces imagino cómo sería si nosotros también fuéramos tan transparentes como el ajolote. Sería buenísimo que nuestra piel revelara lo que es esencial para vivir. Podríamos ver nuestro corazón latiendo y el de los demás. Quizá de esa manera nadie podría ocultar sus sentimientos y quizá tampoco sus pensamientos...

Así y todo, habiendo yo conocido al ajolote albino con mis propios ojos, fue sólo gracias al señor Chucho que supe que el albino nace cuando se aparean dos ejemplares de la misma especie y que todos los ajolotes tienen propiedades regenerativas y curativas y que en la mitología náhuatl representan al dios Xólotl. Este dios está asociado a la idea del movimiento y de

la vida porque escapó de la muerte metiéndose al agua, donde se transformó en un anfibio llamado *axolotl*. También y, con tristeza, el señor Chucho explicó que el ajolote está en peligro de extinción:

»Por eso, niños es muy importante que cuando estemos en Xochimilco y vendan sus recuerdos, le digan a la gente que necesitamos mantener al ajolote vivo. Que entre todos los mexicanos debemos cuidar esta especie única e irrepetible.

»Como todos los 2 de Noviembre nuestros queridos difuntos vendrán a visitarnos y debemos estar preparados y contentos por ello, ¿verdad? Pero, bueno, ustedes ya saben de qué se trata el Día de Muertos, niños. Entonces, y ya para terminar y como siempre, les voy a contar un cuento.

En ese momento me asusté porque el niño de la nota se comenzó a mover. Pero pronto me di cuenta que era para acomodarse mejor y estar aún más atento. Flexionó las piernas sobre el asiento, apoyó los codos en sus rodillas y su mentón en las manos. Sus ojos, fijos al frente, ya ni siquiera volvieron a voltear para mirarme. Toda su actitud y la nueva postura me anunciaron a mí, inmóvil en la misma posición escondida, que estaba por llegar la mejor parte. Él ya lo sabía, y yo pronto coincidiría porque en un minuto más el camión se transformó en el mejor cuentacuentos que había yo escuchado en mi vida.

»Niños, el cuento se llama "*Axolotl*" y es de un famoso escritor llamado Julio Cortázar. Muchos creen que este escritor es latino por su forma de hablar, pero nació en Europa. Vivió muchos años en Argentina y también en Francia.

«¡Como yo! ¡Igualito a mí, que nací en Reino Unido y viví en Buenos Aires y en París!» Pensé. Despacito y en silencio, para ponerme más cómodo y atento a lo que el señor Chucho iba a decir, me recosté en el asiento. Fue así que quedé atrapado en un relato que parecía completamente dirigido a mí:

»"Hubo un tiempo en que yo pensaba mucho en los *axolotl*. Iba a verlos al acuario del *Jardin des Plantes* y me quedaba horas mirándolos, observando su inmovilidad, sus oscuros movimientos. El azar me llevo hasta ellos una mañana de primavera". «¡Pero sí justamente así fue como yo conocí a los ajolotes ese día en Chapultepec: de casualidad! Este Cortázar parece estar hablando de mí...», pensé.

El señor Chucho apenas leyó un poco más del texto y lo continúo con sus propias palabras:
»Entonces, niños, el hombre del cuento, desde que descubrió a los ajolotes, quedó tan fascinado e intrigado con la especie que comenzó a ir al acuario todas las mañanas y a veces todas las tardes. Pensaba en estos anfibios mucho durante el día. Los creía especiales. Creía que quizá, por no tener párpados en ojos, hasta tenían el poder de ver más allá o en la oscuridad. Los observaba y observaba sin cesar a través del cristal. Los veía diferentes, como si fueran de otro mundo muy distinto al de él.
Así fue que el hombre se convenció de que los ajolotes no eran sólo animales, sino que tenían un mensaje para él. Un día, de tanto observarlos y apoyar su mirada contra el cristal, se convirtió en uno de ellos.

»Sí, niños, el hombre terminó convirtiéndose él mismo en un ajolote.

El silencio que se hizo en el bus hablaba de mucha concentración en la historia, pero también delataba tensión. Creo que todos los niños y yo nos preguntábamos lo mismo: ¿cómo puede un hombre convertirse en lo que observa con solamente mirarlo tan seguido y con tanta intensidad? Eso no parece ser ni cierto ni posible. No puede pasar en la vida real. Tiene que ser pura ficción..., ¿o no?. Un momento. Quizá no. A lo mejor sí es posible porque, pensándolo bien, mírame a mí mismo ahí. ¡Mira dónde estaba en ese momento! Yo, Boris, un niño "del otro mundo", y de tantos mundos a la vez, luego de observar, día a día, a los niños de la calle a través de la ventana del camión de mi escuela, ese día estaba con ellos y como ellos. Creo que sí, que es posible, porque efectivamente, de tanto observarlos, ¡yo mismo me convertí en un niño de la calle esa tarde!

Y ahí, hecho bola, como una mezcla de niño de la calle y ajolote, de pronto escuché los pasos del señor Chucho, sentí que mi corazón se paralizó. Me imaginé transparente, como si yo mismo fuera un ajolote albino. El señor Chucho se acercó para mostrarles algunas fotos a los niños y... no tuve escapatoria.

La mirada del señor Chucho me descubrió con gran sobresalto, desconcierto, susto y sorpresa. Pero su voz, inesperada y controlada, me encubrió con determinación y firmeza:

»Niños, por favor y de inmediato se bajan del camión ahora mismo. Jueguen afuera hasta que yo los vuelva a llamar.

El niño de la nota atinó a levantarse y evadirse de todo lo que evidentemente estaba a punto de estallar en nuestro asiento. Muy asustado él, por cierto. Pero la mano del señor Chucho lo detuvo por el hombro y lo volvió a sentar:

»Tú, Andrés, no. Tú, te quedas aquí.

« Y conmigo, Andrés. Ya tienes nombre, "niño de la nota"», pensé.

11

CONFESIONES

Me volví a encontrar con la mirada fuerte y penetrante que alguna vez conocí en el señor Chucho. Pero esta vez no me pareció tan intimidante. Seguramente porque vino acompañada de un brazo extendido que me ofrecía levantarme y sentarme en el asiento con Andrés. Bueno, en mi propio asiento. El señor Chucho tomó el de adelante, el de Mimí, pero sólo para estar de pie y volteado hacia nosotros y con sus brazos cruzados. Se le notaba inmensamente sorprendido e intrigado. Mantuvo una calma que me ayudó bastante, pero igualmente habló sin parar y sin pausa por el próximo minuto completo:

—Boris, ¿qué haces acá, chamaco? Si yo te dejé en tu parada y luego revisé todo el camión como todas y cada una de las tardes para ver si se olvidaron de algo. Y no había nada. ¡Ni nadie! ¿Tus padres saben que estás aquí? ¿Cómo llegaste hasta ahí, chamaco? Y tú, Andrés, ¿cómo no me avisaste en todo este rato que aquí había un niño escondido? Lo veo y no lo creo. A ver si me ayudan entonces a contestarme tantas preguntas que tengo a la vez. Empecemos por ti, Boris, que creo que me debes una gran explicación.

—Y una gran disculpa, señor Chucho.

¡No puedo creer lo primero que salió de mi boca! Y el señor Chucho tampoco, pero creo que fue bueno porque esas palabras mías descruzaron los brazos del señor Chucho. Eso ayudó mucho, porque el cuerpo también habla.

»Vine hasta aquí por dos motivos, señor Chucho. Uno para decirle que sé que la mochila roja y la pelota que desaparecieron no las tiene usted. Porque las tengo yo. Le prometo que lo voy a reportar mañana mismo en el colegio para que usted no deje de manejar nunca este camión. Y también vine hasta aquí para conocerlo a él, a Andrés.

—¡¿A Andrés?! No te entiendo, Boris. Te juro que no te entiendo. Creo que tienes que explicarte mucho mejor todavía. Y luego hablarás tú también, Andrés.

Expliqué todo lo sucedido con la mochila, la pelota y la noche del Grito. El señor Chucho me miraba fijo. Creo que no parpadeó ni una vez. No había expresión alguna en su cara, aunque por momentos a mí me temblara la voz y hasta tartamudeara.

Luego de haber estado en el camión escondido y de ver cómo les enseñaba y se preocupaba por ellos, me sentí demasiado avergonzado de confesarle que había pensado que él abusaba de los niños de la calle haciéndolos trabajar para quedarse con todo el dinero.

—Perdón, señor Chucho, perdón. Le pido una gran disculpa. Me dejé llevar por lo que vi, imaginé lo peor. Pero le juro que también tuve las mejores intenciones de ayudar a Andrés porque él en su nota dijo que su madre había desaparecido. Y de verdad que quiero ayudarlo a que la encuentre. ¡Su mamá debe aparecer!

El silencio entre los tres se hizo muy hondo y la tensión en nuestro asiento, insoportable. El señor Chucho y yo miramos a Andrés. ¡Otro que parecía con ojos de ajolote porque no parpadeaba ni un poquito! Pero él ni siquiera movía los globos de sus ojos. Su mirada congelada, mas no triste, había quedado fija en el piso. Su cuerpo, como petrificado.

—¿Es cierto eso, Andrés? ¿Tú dijiste eso?

El silenció se hizo aún más profundo. Pero ni la actitud ni la postura del niño cambiaron un poquito.

»Andrés, te estoy hablando, chamaco. Te estoy preguntando algo. ¿Es cierto que tú dijiste que tu madre había desaparecido? —insistió el señor Chucho tomándolo del mentón y obligando a Andrés a mirarlo a los ojos.

—Sí, señor Chucho. Perdón. Es que usted siempre nos dice que, si encontramos algo en el bus, no podemos tomarlo porque le pertenece a otra persona. Que nunca toquemos lo que no es nuestro y que donde lo veamos lo dejemos. Ese día yo encontré una mochila roja con una pelota de fut. Fue el día del Grito que usted volvió a salir porque había dejado el bolso negro con los recuerdos que venderíamos esa noche en el Zócalo. Y fue el día de mi cumpleaños. Todos nosotros ya habíamos llegado al terreno de al lado y como vimos el camión estacionado comenzamos a trepar y subir al camión como siempre. Mientras lo esperábamos salimos a jugar entre los camiones, aunque llovía. Fue una mala idea, lo sé, porque además la pelota se rompió al atascarse en la defensa de uno de los camiones. Me dio tanta pena que decidí igual ponerla donde la encontré, pero quise disculparme y hacerme responsable, como usted siempre nos enseña. Por eso prometí que le devolvería un balón nuevecito, nuevecito en cuanto pudiera comprárselo. Pensé hacerlo con algo del dinero que ganaremos el Día de Muertos. Tuve tanto miedo por haberme metido en ese lío que inventé primero algo más serio para distraer la atención. Pensé que diciendo lo de mi mamá, quien leyera la nota se olvidaría del balón por completo. Pensé que se olvidaría de un simple balón... Pero al final fue peor, este niño se interesó demasiado en mí y en mi mamá, y comenzó a escribirme.

¡No podía creer lo que escuché! ¡De verdad que no lo podía creer! Luego de haber estado en silencio tanto tiempo, asustado y escondido en el piso, sentí como si dentro de mí un volcán entrara en erupción y de un brinco brotaron demasiadas emociones y palabras a la vez.

De pie, y muy alterado, comencé a acusar a Andrés en voz alta, bastante alta:

—¡¿Que qué?! Que tu madre nunca desapareció. Tú, ¿mentiste con algo así? ¡Que no te creo! ¿Cómo puedes decir algo así, tú, niño? ¡Y yo todo este tiempo preocupado por ti y queriendo ayudarte! Me vine hasta aquí, me puse en peligro. Arriesgué mi propia vida por ti. ¡Pero qué te crees tú! ¿Cómo dices algo así? ¡Se nota que no sabes lo que es no tener a tu madre!

—¡Ya, Boris! Basta. ¡Calma, por favor! —El señor Chucho estaba notablemente sorprendido y hasta asustado por mi reacción. Ahora el que estaba hundido e inmóvil en su lugar y queriendo desaparecer era Andrés, como yo hace unos

instantes. Escuché bien al señor Chucho, pero no pude parar de hablar, acusar e interrumpir:

—Pero señor Chucho, ¿qué no entiende usted? Este niño me hizo preocupar mucho... ¡Tanto que vine hasta acá! Es que yo de verás pensé que su madre había desaparecido. ¡Usted no tiene idea de cuánto me preocupó eso a mí! Yo de verdad sé lo que es no tener madre y no se lo deseo a nadie.

Caí desplomado en mi asiento. Sentí una mezcla de furia y tristeza por dentro que me hacía temblar por fuera. El señor Chucho se sentó a mi lado.

—Andrés, ve a jugar con los niños que luego hablo contigo. Boris, creo que tú y yo tenemos que hablar ahora mismo y de inmediato.

A continuación escuché de la voz y del corazón del mismísimo señor Chucho:

»Boris, yo también sé lo que es no tener una mamá. Y lamento mucho que tú ya no tengas a la tuya a tu lado. Perdí a mi madre cuando tenía 11 años. Vivíamos en la calle. Ella soñaba con que yo pudiera ir a la escuela. No quería que de grande siguiera en la calle como ella. Cumplí su sueño. Logré superarme, estudiar y conseguí un trabajo como chofer de camiones. Al principio eran camiones de larga distancia y luego camiones escolares. Un día se me ocurrió que podía ayudar a los niños de la calle y a sus madres. Así surgió la idea de usar el camión 17 como una pequeña escuela, un lugarcito donde vienen estos niños un rato por las tardes, como lo viste hoy. Sus madres les permiten venir para aprender lo poco que yo puedo enseñarles desde este lugar. La pasamos muy bien. También les ayudo comprando con mi dinero recuerdos para que ellos vendan en fechas importantes o lugares turísticos. Lo que ganan es totalmente para ellos y para comprar algo que les haga falta. A veces sus mismas madres me piden algunas cosas que necesitan. Eso es lo que aquí sucede y lo que has visto hoy, Boris. Nunca imaginé que alguien de la escuela lo descubriría. Me gustaría seguir siendo el chofer del camión 17 y el maestro de estos niños. Lamento mucho el mal rato que pasaste. Lo que hizo Andrés está mal. Lo platicaré con él, por supuesto. Pero, ¿sabes una cosa? Creo que, al final, gracias a Andrés, tú y yo tuvimos la oportunidad de ver que tenemos más en común de lo que pensábamos. Creo que, al final, Andrés permitió que tú y yo nos mostremos por dentro, como ajolotes albinos.

La voz áspera del señor Chucho me regaló la confesión más tierna y humana que jamás he escuchado. Y no sólo suavizó mi sentir y mi pesar, sino que de inmediato me hizo dar cuenta que yo sí, ¡por fin!, tenía la posibilidad de ayudar a los niños de la calle.

—Señor Chucho, mañana mismo en la escuela avisaré que la mochila roja y la pelota las tuve todo este tiempo. No me importa lo que piensen ni las consecuencias. Jamás les contaré lo que sucede en el camión 17 por las tardes cuando llega al estacionamiento. Yo también quiero que usted siga siendo el chofer de mi camión y el maestro de estos niños.

—Gracias, Boris. De verdad, muchas gracias. Pero además de ese favor yo quiero pedirte otro más. Quiero que me prometas algo que es aún más importante y, por eso, espero que de verdad lo cumplas. Por mí y por ti.

—Dígame, señor Chucho.

—El 2 de noviembre te pido nos encuentres a mí y a estos niños en el embarcadero de Xochimilco. Creo que tú mereces y debes regalarte la experiencia de vivir la gran fiesta del Día de Muertos en México.

—Pero... ¿por qué?, ¿para qué?, señor Chucho.

—Ya lo verás, Boris, ya lo verás...

—De acuerdo, señor Chucho, le pediré a mi papá que nos lleve a ese lugar.

Después de aquella experiencia y plática me despedí del señor Chucho con un abrazo. Bajé del camión y los niños de la calle me miraron como a un raro especimen, como a un ajolote albino que no pertenece a su mundo. Afuera, Mimí y Lupita me esperaban ansiosas. Les platiqué todo, y no daban crédito a mi historia.

12

¡Viva el Día de Muertos!

La espera hasta el 2 de noviembre se me hizo muy larga. No sólo porque quería cumplir mi promesa al señor Chucho, sino por tanta curiosidad y expectativa de ver y vivir todo lo que Lupita había comenzado a contarme por esos días sobre el Día de Muertos. Pero sobre todo creo que la espera resultó larga porque, al igual que con los relatos de Lupita en viajes en camión a la escuela, la vida y la rutina volvió a la normalidad demasiado rápido.

El día del estacionamiento pronto quedó atrás como un recuerdo. Parecía como un sueño y de los buenos, aunque, al volver aquel día en el metro, Lupita y Mimí lloraron cuando terminé de contarles todo: de Andrés, del señor Chucho, de los niños de la calle y del camión escuela. Con lágrimas, hicimos un pacto para nunca hablar de lo sucedido con nadie. En el colegio aceptaron mi explicación sobre la mochila y la pelota de Lupita sin mucho cuestionar. Y el señor Chucho aceptó la disculpa de la administración y volvió a conducir el camión 17 sin demora. Sólo hubo una pequeña gran diferencia a partir de aquel día. Algo que noté la mañana en la que el señor Chucho volvió a conducir su camión escuela. Llegó como siempre, a las 7 y 10 a nuestra parada, lo vi apenas se abrió la puerta. Era algo muy visible para todos, comprensible para unos pocos y significativo solamente para mí. Supe de inmediato que eso sería como un símbolo y recordatorio del pacto de silencio entre los que estuvimos aquel día: del espejo retrovisor ya no colgaba la calavera colorida, sino un ajolote totalmente transparente con el corazón pintado en rojo. Creo que el señor Chucho también lo colgó para que a mí no se me olvidara lo que vivimos aquel día.

Por suerte, aunque era de esperar, no me costó nada convencer a papá de ir el 2 de noviembre a Xochimilco.

—¡Excelente idea, Boris! Tengo pendiente llevarlos a Xochimilco desde que llegamos. Me lo han recomendado muchísimo porque es patrimonio de la humanidad y es uno de principales atractivos turísticos de df.

—De la CDMX, querrás decir, papá.

—Es cierto, Boris, de la Ciudad de México. Los muchachos de la oficina me han dicho que navegar por los canales de Xochimilco en las trajineras es un excelente plan para hacer en familia; navegar mientras te venden comida, recuerdos y escuchas a los mariachis. ¡Enhorabuena, familia, este 2 de noviembre iremos a Xochimilco! Que, por cierto, niños, ese día es una fecha especial, ¿lo sabían?

—Sí, papá —se apresuró a contestar Mimí—. Por eso yo pensaba que podríamos llevar una foto de mamá. En la escuela también me explicaron que en el Día de Muertos se levantan altares con ofrendas para recibir las almas de nuestros seres queridos. ¿Podríamos hacer un altar aquí para mamá en la casa? Debe tener dos niveles por lo menos, así representamos el cielo y la tierra. Le pondremos un lindo mantel de papel picado, flores y la comida que le gustaba a mamá.

—Oh, Mimí, yo no sabía todo eso sobre los altares. ¿Y tú, Boris?

—Yo sí, papá. También Lupita me explicó que el 2 de noviembre las almas de nuestros seres queridos que ya partieron nos visitarán. Dice que es una fiesta alegre, de reencuentro, donde cantan y bailan, decoran y preparan platillos especiales. También visitan los panteones donde están enterrados sus familiares. Pero nosotros estamos lejos para hacer eso con mamá...

Creo que sorprendimos a papá con lo que ya sabíamos del Día de Muertos, pero, sobre todo, con lo que representaba y comenzaba a provocar en nosotros mismos.

Igualmente quedó claro que el 2 de noviembre iríamos a Xochimilco a pasear en trajineras. Y yo me quedé tranquilo, cumpliría la promesa que le había hecho al señor Chucho aquel día en el estacionamiento.

Y así fue. Llegó el Día de Muertos y nosotros llegamos al Embarcadero de Nativitas en Xochimilco. Las calles de los alrededores se habían convertido en grandes fiestas peatonales. Había mucha más gente que en los Paseos Dominicales de Reforma o en el Zócalo el día del Grito. Además era todo mucho más desordenado y ruidoso. Puestos de comida, por donde vieras: tacos, esquites, elotes y pan de muerto. También había jarrones inmensos llenos de agua de Jamaica o de horchata y, para los adultos que quisieran algo de beber, también había la tradicional bebida del maguey, el pulque.

Familias enteras se movían cantando y elevando fotos de seres queridos. Nadie lloraba, todos sonreían, se abrazaban y lanzaban pétalos de flores mientras caminaban. En un momento, confieso, sentí algo de miedo cuando hacia a mí avanzaban unas enormes y muy coloridas figuras con forma de tigre pero con alas de mariposa y de dragón con orejas de gato y cola de pez. Recordé de inmediato que Lupita me había dicho que parte de la magia del Día de Muertos son los alebrijes iluminados. Esos seres imaginarios y místicos, mezcla de ser común y ser fantástico, hechos de papel o tallados en madera. No terminaba de salir del asombro cuando entre la muchedumbre descubro a quienes estaban maquillados como calaveras, ¡igual a la que cuelga en el bus 17!, o disfrazadas de catrina que, aunque es un esqueleto, es tan femenino y elegante que hace que la muerte se vea fina, sofisticada, incluso atractiva.

La muerte ese día también se me presentó dulce y colorida porque comimos unas deliciosas, aunque bien empalagosas, calacas hechas de azúcar y mazapán. Nunca en mi vida, pensé que, en el nombre de la muerte, se podía congregar y evocar tanta alegría, dulzura y ganas de vivir. Mi idea de la muerte que hasta entonces había sido de respetuoso silencio y temida oscuridad, estaba cambiando por completo y para siempre en Xochimilco.

Las velas ardían y anticipaban que la luz del día se apagaría sin que nadie se inmutara en absoluto porque seguirían festejando hasta tarde. Los olores, sabores y colores, me recordaron un poco el tianguis de Tepoztlán, pero en Xochimilco predominaban el olor a incienso y el color anaranjado de la flor cempasúchil, la flor que, según los aztecas, guían las almas de los difuntos. El olor a incienso, penetrante y molesto, nos hizo estornudar a todos varias veces, pero sobre todo a Mimí.

—¡Aaachúú! ¡Ya! Que no puedo parar. Creo que es la quinta vez en un minuto que estornudo. Debo ser alérgica al incienso y no lo sabía.

—No lo creo, Mimí. Yo creo que es solamente la mera intención del incienso hacernos estornudar siempre a todos y cada uno. Por eso lo usan en todas las ceremonias serias y religiosas, ¿no crees? Así te ves obligado a bajar la cabeza en señal de reverencia.

Y con un guiño le pregunté: «¿o acaso tú conoces a alguien que pueda estornudar para arriba?». Los tres largamos la carcajada y, en lo que seguimos caminando hasta el embarcadero, quien estuviera por estornudar avisaba e intentaba estornudar haciendo la cabeza para atrás. Nadie lo logró. Entonces creo que mi teoría de la reverencia del incienso se estaba comprobando.

Papá aprovechó ese momento de buena conexión y risas para contarnos algo de su trabajo:

—Chicos, ayer en la oficina presentaron un nuevo proyecto y quieren que lo lidere yo.

—¡Felicidades, papi! —reaccionó Mimí de inmediato. Pero yo soy más desconfiado.

—¿El proyecto es aquí en México, papá?

—No, hijo. Es en Colombia.

—¡Lo sabía, lo sabía! —dije medio molesto.

—Pero no se apuren, será hasta el próximo año. Por ahora estamos aquí en México lindo y querido.

A llegar al embarcadero vimos incontables trajineras amarradas una al lado de la otra. Se veía como el estacionamiento de los camiones amarillos, pero de las embarcaciones de madera más espectaculares y multicolores que te puedas imaginar.

A simple vista se veían todas iguales, pero cada una era diferente, irrepetible y personalizada pues cada una portaba un arco sobre el cual, pintado o escrito con flores, se leía el nombre de una mujer, y es que en estas trajineras se acostumbraba a llevar de paseo a las novias.

Grupos muy numerosos de hasta veinte personas subían a larguísimas trajineras con velas, flores, comidas, retratos de sus antepasados más queridos. Algunos hasta subían calacas vestidas y las sentaban a la mesa de la trajinera como un comensal más. Papá rentó una trajinera pequeña sólo para nosotros tres. Para poder subirnos tuvimos que atravesar otras tres que estaban amarradas en las primeras filas. Están tan pegadas unas de otras que no hay peligro de caerse al agua en el camino.

Nuestro remero comenzó a navegar por el canal principal lleno de trajineras colectivas, de trajineras restaurant y de trajineras con mariachis. La misma fiesta, alegría y ruido de la peatonal se veía, escuchaba y olía a lo largo del canal. En una de esas, y por suerte, nuestra trajinera supo virar por un canal pequeño, angosto y alternativo donde la música y voces se alejaban y el agua y el paisaje se aquietaban. Navegamos por unos largos minutos sin palabras y con mucha tranquilidad.

En un momento y en silencio dejé mi asiento para caminar hasta la proa de la trajinera. El fondo de ésta son tablones planos; pude llegar hasta el mero borde y me eché de panza contra el piso para tocar con mi mano el agua. Fresca, pero de poca pureza, suave y de poca corriente que de repente se interrumpió por un aleteo muy cercano. De un alegre grito anuncié:

—¡Un ajolote!

El remero detuvo la trajinera de un jalón con su palo y sorprendido dijo:

—¿De veras? Pues ¡qué suerte tienes niño! Cada vez hay menos ajolotes…

—Lo sé. Están en peligro de extinción.

Ya para entonces Mimí y papá estaban echados a mi lado en la proa mirando el agua de nuestro angosto y exclusivo canal. Ellos apenas alcanzaron a ver un último aleteo del ajolote cuando salió por aire a la superficie y antes de volverse a hundir y dejar el agua del canal, quieta, como un espejo. En ese preciso instante la respiración de los tres se nos cortó al mismo tiempo al ver nuestra trajinera reflejada en el agua y leer selosnoS. Papá, Mimí y yo, nos volteamos boca arriba para leer bien, de nuevo, de frente y directamente lo que decía el arco florido de nuestra embarcación. En voz alta y al mismo tiempo los tres leímos:

—¡Sonsoles!

No fue hasta ese momento que nos percatamos del nombre de nuestra trajinera. Si la emoción tuviera peso, nos hubiéramos hundido

en el canal... Ni siquiera papá pudo decir algo y agregar algunas palabras en honor a mamá.

El silencio que le continúo al sonido tan dulce de leer juntos el nombre de mi madre fue un regalo indescriptible. Creo que en ese momento también entendí por qué el señor Chucho insistió en que yo viviera esta fiesta del Día de Muertos. Por primera vez en años y luego de escuchar en diferentes ciudades los mismos recuerdos que nos contaba papá, no buscamos ni recordamos a mi mamá visitando un parque, una iglesia o algún otro lugar donde ella estuvo. Por primera vez en años fue mi mamá la que nos buscó a nosotros tres. Y nos encontró. Aunque sentí fuertemente que, en realidad, ella nunca nos buscó, sino que más bien nunca se había ido del todo. Por primera vez en años y luego de tantas vueltas por el mundo, sentí que mi mamá estaba a nuestro lado y que siempre estará donde sea que estemos nosotros tres.

Volvimos en silencio muy emocionados al embarcadero. Y ya antes de desembarcar de nuestra trajinera logré distinguir unas pequeñas grandes voces buscando compradores con cantos muy alegres y motivadores:

—¡Ajolote, ajolote albino, cómprate uno y no permitas que se extinga su destino!

—¡Cuida, cuida a nuestro ajolote! ¡Cómprame uno antes de que se agote!

Así fue que el 2 de noviembre, en un embarcadero de Xochimilco, y al igual que el 15 de septiembre en el Zócalo, descubrí al señor Chucho entre la muchedumbre, a lo lejos y muy pendiente de esos niños que ofrecían ajolotes como recuerdos alusivos y con la esperanza de seguir progresando en sus vidas.

A juzgar por la gente que se les acercaba sin cesar les estaba yendo de maravilla con sus ventas. Sentí alegría, orgullo y emoción por los niños del maestro Chucho. Y, de repente, también sentí una mano por detrás que se apoyó en mi hombro. Volteé:

—¡Andrés!

No contestó. No dijo ni una sola palabra. Tan sólo me entregó un balón de fut nuevecito, nuevecito y echó a correr.

Índice